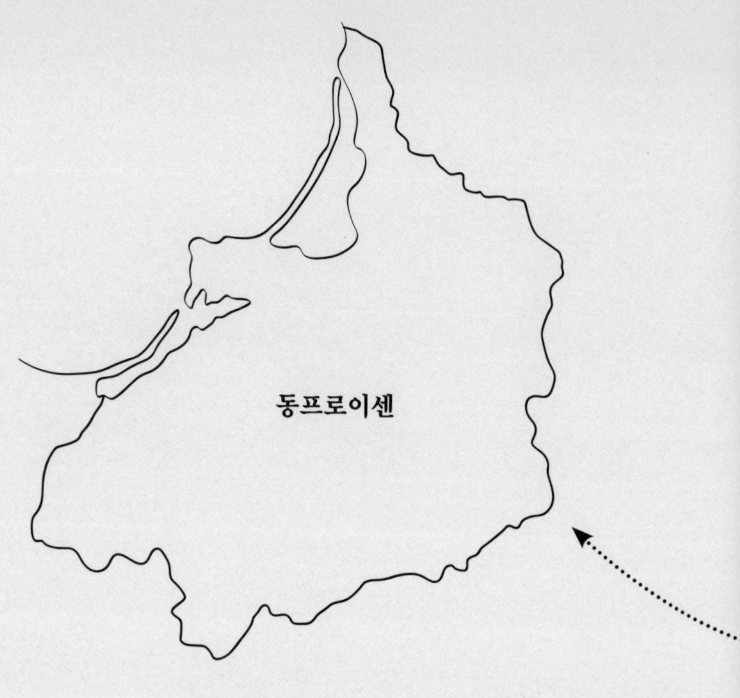

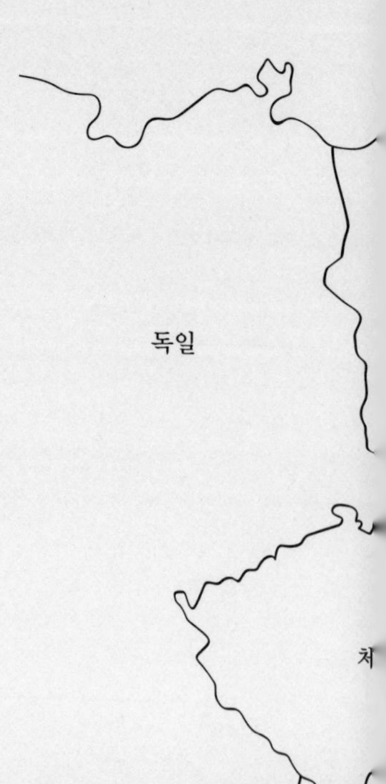

동프로이센

동프로이센은 1차대전이 끝나고 독일 본토와 떨어진 섬 같은 월경지였다가 2차대전이 끝나고는 사라졌다. 승전국 러시아가 동프로이센을 점령하고 일부는 폴란드와 리투아니아에 넘겨주고 독일인들을 추방했다. 이렇게 해서 동프로이센은 사라지고 지금은 러시아의 칼리닌그라드주가 되었다.

독자들의 이해를 돕기 위해 이 소설의 무대인 러시아 칼리닌그라드와 리투아니아 지도와 옛 동프로이센 지도를 덧붙인다.

에스토니아
러시아
라트비아
발트해
리투아니아
칼리닌그라드(러시아)
벨라루스
폴란드
우크라이나
슬로바키아

늑대의 그림자 속에서

IN THE SHADOW OF WOLVES

늑대의 그림자 속에서

알비다스 슐레피카스

서진석 옮김

양철북

읽어 두기 이 책이 처음 나온 리투아니아어판 제목은 《내 이름은 마리톄》이다. 살기 위해 독일식 이름 '레나테'를 버리고 리투아니아식 이름 '마리톄'을 써야 했던 애환이 담겨 있다. 그러나 한국 독자들에게는 낯선 언어여서 한국어판 제목은 《늑대의 그림자 속에서》로 했다.

그 여인은 말했다.

"그 모든 것이 일어난 과거 속 그날들은 마치 안개에 묻힌 것 같아. 세상에 존재하는 우리 인간들, 또 우리가 겪는 모든 일은 전부 바람이 몰아오는 눈발이나 우두커니 잠자코 기다리는 고요한 안개에 싸여 있는 것처럼 보였어. 이제 다 지나간 일인데도 도무지 잊을 수가 없어. 더 뚜렷해지는 기억들도 있지만 더러는 빛바랜 사진처럼 잊히기도 해. 기억과 망각이 그 모든 것을 눈, 모래, 피 그리고 혼탁한 물과 함께 앗아가 버렸지.

안개나 서리, 침침한 겨울 속에서 기어 나왔는가 싶은 사람들이 떼로 움직이면서 전쟁에 짓밟히고 피를 들이마신 땅 위로 그늘을 늘어뜨리고는 휙 사라져 버려. 순서와 질서가 정확하지 않은 퍼즐 조각들 같아. 말하자면 영화의 장면이거나 기억 속 찰나 같은 순간이거나 역사에 제대로 기록도 안 되는 점들이라고 해야 하나.

네무나스강을 건너 그 땅에 들어가니 '붉은 군대의 형제들아, 네 앞에서 으르렁대는 파시스트 괴물들의 소리가 들리지 않는가!'라는 문구가 러시아어로 쓰여 있더라.

거기엔 러시아 군인들이 있었어. 벽시계건 커튼이건 은접시건 돈 될 만한 건 다 손에 거머쥐고 있더라고.

거기엔 목이 잘린 여자들이 벽에 매달려 있었어.

거기엔 굶주린 사람들이 평생 물을 지고 다니다가 쓰러져 죽은 삐쩍 마른 말의 살점을 잘라 나누고 있었어.

거기엔 또 어떤 엄마가 아이들과 함께 있었는데 얼음덩이가 뼛조각 부딪히듯 달그락 소리를 내며 떠내려오는 차가운 네무나스강으로 곧장 걸어 들어가더니 그대로 급류에 휩쓸려 갔지. 그런데 물에 빠져 죽는 게 마치 아주 일상적이고 당연한 것처럼 얼굴에는 아무 표정도, 생각도 없는 거야.

거기엔 성도, 이름도 모르는 이들의 사체들이 검게 썩어서 강물에 떠내려오고 있었어.

거기엔 무덤들도 파헤쳐져 있었어.

거기엔 폭발로 무너져 내린 성당 건물들이 있었어.

거기엔 소련 군인들에게 나누어 준 러시아어 찌라시들도 있었어. '독일인이라면 어른이나 아이 할 것 없이 다 죽여라! 무고한 독일인이란 없다. 그들의 재산이든 아내든 무엇이든 다 빼앗아라. 그것은 너의 권리이고 네 당연한 전리품이다.' 이런 내용이었대.

거기엔 리투아니아 농부들에게 감자랑 밀가루랑 음식을 받고 자기 자식들을 파는 어머니들이 있었어. 그래야 다른 아이들이 살아남으니까.

거기엔 술 취해서 웃고 떠들면서 장난 삼아 새들한테 총질을 하는 군인들도 있었어. 그러다가 나중엔 사람들한테 쏘는 거야. 아무 생각 없이 좋다면서 그런 짓들을 해 댔지. 전쟁이라는 것이 그놈들의 생각을 마치 열 오른 가마 속에 진흙처럼 집어넣고 다 태워 버렸나 봐.

거기엔 배고픔과 고단함에 죽어 가면서도 땅에 참호를 파는 여자들이 있었어.

거기엔 남겨진 탄환을 장난감처럼 터뜨리고 노는 아이들이 있었어.

거기엔 사람 고기에 맛을 들인 늑대들이 있었어.

거기엔 사람의 시커먼 턱뼈를 물고 다니는 개가 있었어.

거기엔 굶주린 눈동자들이 있었고, 거기엔 온통 굶주림, 굶주림, 굶주림뿐이었어.

거기엔 시체들이 있었지, 죽음과 시체들만.

거기엔 성당, 궁전, 통신 시설, 방어 시설 할 것 없이 남아 있는 것들은 모두 때려 부수는 반란군과 점령군들이 있었어.

거기엔 바람조차 폐허와 사막 사이에서 길을 잃은 채 방황하는, 공허하고 을씨년스러운 광야가 있었지.

전쟁은 끝났지만 프로이센의 모든 것이 무너지고 약탈당하고 포화로 주저앉아 버렸지."

어둠 속에서 튀어나왔나. 아니면 어둠과 빛의 장난인 건가. 과거의 파편들이 마치 흑백영화처럼 보인다.

1946년.

겨울.

전쟁이 끝난 춥고 끔찍한 겨울, 공허의 시간.

얼어붙은 네무나스강 위 하늘과 땅 사이에 다리가 걸려 있다. 그 위로는 눈먼지들이 고속도로 위를 달리는 자동차들처럼 쌩쌩 바람에 실려 오고 있고, 여기저기 대리석 표면처럼 때 묻은 얼음들로 강 전체가 거무튀튀해 보인다. 춥다. 영하 20도는 더 될 것이다.

십자가처럼 꼬이고 엉킨 많은 철골 구조물들은 모양을 파악할 수 없는 그물처럼 변해 버렸다. 그 생채기 속을 바람이 통과해 지나가며 휘파람 소리를 낸다. 한때는 튼튼했던, 그러나 지금은 고작 이상한 소리로 바람의 노래나 불러 대는 철제 다리다.

그 바람 소리 사이로 뭔가 낯설고 이국적인 군인의 노래가 들린다.

다리 건너편 멀리 뭔가 두 점이 움직이는 것이 보인다.

다리 구조물 위에는 세상에 독일인들의 승리를 전하거나, 희생을 두려워 말고 닥치는 대로 죽이라거나, 군대장의 허락을 받아야 할 것 따위를 안내하는 내용이 담긴 현수막과 전단지, 신문 따위가 덕지덕지 붙어 있다.

한쪽이 떨어져 나간 현수막이 바람에 떨린다. 우수 가득한 노랫소리가 더 커진다.

다리 위에는 호위병이 서 있다. 러시아 군인 한 명과 노래를 부르는 동양인 군인 한 명, 이렇게 두 명이다. 담배를 말아 태우려 하는 러시아인은 바람이 자꾸 성냥불을 꺼뜨려서 화가 나 있다. 눈이 찢어진 친구가 부르는 노래가 신경 쓰였다.

반대편 강변에서 움직이던 어두운 점들이 지금은 더 가까이 보인다. 얼어붙은 네무나스강을 걸어서 건너려는 독일 아이들이다. 모두 일곱 명이다.

러시아인은 더는 참지 못하고 말했다.

"제기랄, 인제 그만 좀 불러, 돼지 새끼야."

흠칫 놀란 동양인은 순간 말이 없다가 '지가 돼지인 주제에 누가 누구더러 돼지 새끼라는 거야' 혼잣말로 웅얼거렸다.

바람 소리는 시끄럽고 고향 땅은 멀기만 하고 손으로 만 담배에 불이 안 붙어 짜증이 치미는데 성냥마저 끝내 부러져 살찐 손 위로 떨어졌다.

동양인이 웃었다.

"야, 이반."

"나 이반 아니야. 나 예브게뉴스라고, 그냥 제냐라고 부르라고 했잖아."

"저기 좀 봐, 이반. 저기 독일 꼬마 녀석들이 도망치고 있잖아."

참새 같은 독일 아이들이 메추라기처럼 큰 애들은 앞에서, 작은 아이들 몇 명은 조금 뒤떨어져 얼음 위를 달려가고 있다.

러시아 군인이 소리쳤다.

"거기 서지 못해! 명령이다. 거기 서, 파시스트 돼지들 같으니라고!"

하지만 높은 다리 위에 있는 호위병의 목소리는 바람 때문에 먹먹해지기만 하고 아이들은 앞사람들을 따라 열심히 달리기만 할 뿐 러시아 군인의 말을 들을 리가 없다.

"야, 이반."

"나 이반 아니라고, 이 돼지 새끼야."

"쟤들 네가 뭐라 말하든 신경을 안 쓰는데, 이반."

"너, 내가 나중에 가만 안 둔다."

"가만히 좀 있어 봐, 병신 새끼야."

러시아 군인은 수류탄을 들고 꼭지를 뽑더니 아이들을 향해 던졌다. 두 사람이 폭발을 피해 바닥에 몸을 숨기자 우레와 같은 소리가 천지를 흔들었다.

폭발이 만들어 낸 안개가 삽시간에 퍼졌다.

수류탄으로 패인 구멍에서 한 아이가 벌레처럼 꿈틀거리며 밖으로 기어 나오려고 발버둥을 쳤다. 주위는 지옥처럼 춥기만 한데 물에서는 연기가 피어오른다. 다른 아이들은 죽음을 피해 다시 뛰기 시작했다.

폭발 소리가 잠잠해지자, 마치 죽기 직전의 짐승이 울부짖는 듯 높고 기괴한 소리만이 깊은 정적 속에서 영원히 끝나지 않을 것처럼 울려 퍼졌다. 심하게 다친 한 아이가 얼음 위에 누워 있다. 그리고 이상한 모습으로 제자리에서 돌고만 있다. 꼼짝도 안 하는 다리로 얼음을 차서 움직여 보려고 애쓰는 그 아이가 외치는 소리였다. 아이가 몸서리를 칠 때마다 핏줄기가 쏟아져 나왔다. 그리고 눈과 얼음 위를 물들인다. 무채색 세상이 붉은 색깔의 점으로 물든다.

부상당한 아이와 다른 얼음 구멍 속에서 허우적대고 있는 아이 사이에 여섯 살쯤으로 보이는 한 꼬마가 겁을 먹고 죽은 듯이 서 있다. 돌이 되어 버린 것 같다, 다리가 말을 듣지 않았다. 부상의 고통으로 내지르는 괴성만이 이 꼬마의 몸을 관통해서 지나간다. 눈에는 공포만 있을 뿐이다.

우린 이 꼬마를 시간이 지나서 다시 만나게 된다. 바로 꼬마 헨젤이다.

동양인이 총구를 겨누더니 발사했다. 괴성은 잠잠해지고, 부상당한 아이는 더 이상 움직이지 않았다. 헨젤은 마치 잠에서 깨어난 듯 무언가 외치면서 다시 도망치려고 발을 내디뎠다. 강변으로 가던 발길을 옮겨 얼음이 언 강을 따라 어딘가 멀리 향했다. 그 뒤를 쫓는 총소리가 몇 발 더 들렸다. 하지만 헨젤은 곧잘 뛰어 도망갔다.

동양인 군인은 도망치는 과녁을 맞히지 못하고 고개를 저었다.

얼음 구멍 속에서 한 아이가 여전히 발버둥을 치고 있다.

러시아 군인은 침을 뱉더니 물속 깊은 곳에서 여전히 허우적대고 있는 남자아이를 바라보았다.

아이의 머리는 물속에 잠겨 있지만 아직 손으로는 얼음 가장자리를 붙잡고 있다. 하지만 그마저도 곧 얼음과 눈이 죽처럼 섞인 물속으로 가라앉아 사라졌다.

러시아 군인은 마침내 담배에 불을 붙였다.

바람이 휘파람을 분다.

슬픈 광야의 노래는 여전히 귓가에 맴돈다.

밤이 다가온다. 겨울이면 밤이 더 일찍 찾아온다. 에바한테는 벌써 몇 달 내내 그냥 밤이었던 것만 같다. 겨울이다, 끝이 나지 않는 겨울. 끝나지 않는 눈보라와 서리, 저녁 어스름, 추위, 바람, 끝날 줄 모르는 배고픔. 추위는 여인의 옷을 뚫고 들어가 심장과 뼈와 머리를 꿰뚫는다. 에바는 머리가 아팠다. 배고픔 때문이다. 뭐라도 입에 집어넣은 지 얼마나 됐는지 모르겠다. 무언가 씹을 거리라도 생기면 무조건 아이들에게 먼저 가져다주어야 한다. 세상이 기울고 저 아래에서 뭔가 검은 그림자가 끌어당기는 듯했다. 하지만 포기하는 법이 없는 친구 마르타가 에바의 팔뚝을 잡아끌면서 말했다,

"정신 차려, 정신! 에바, 아이들을 떠올려 봐."

에바는 아이들을 굳이 떠올릴 필요가 없었다, 아이들을 생각하고 있는 중이었으니까. 모니카, 레나테, 아주 귀엽지만 여전히 응석받이에다가 형 헤인츠하고는 완전히 달라 허약하고 병치레가 잦은 아이 헬무트.

'맏이 헤인츠는 일주일 전에 기차를 타고 리투아니아로 갔는데 왜 아직까지 연락이 없는 걸까. 대체 어디에 있는 거니. 살아는 있니, 몸은 성하게 잘 있니, 끼니는 거르지 않는 거야?

어디든 머리 둘 곳은 있는 거야?'

사람들은 미동도 없이 서 있다. 양 떼처럼 가까이 모여, 바람과 추위로부터 몸을 피하고 있었다. 점점 푸르게 변해 가는 저녁 어스름, 꺼져 가는 한낮이 자물쇠처럼 사람들을 짓눌렀다. 마르타에게 몸을 기대고 있는 에바는 자기보다 더 강하고 힘이 센 누군가가 옆에 있어서 너무 좋을 따름이다. 마르타는 어떤 상황에서도 해결책을 찾았다. 에바는 단 한 번도 마르타가 우는 모습을 본 적이 없는 것 같다. 요즘처럼 끝이 보이지 않을 만큼 거대하고 검은 상실의 날만 매일 이어진다 하더라도, 매일 이어지는 나날들이 거대한 무덤 구멍 같을지라도 말이다. 그렇다, 마르타는 절대 울지 않는다. 인생을 신봉하는 마르타는 지금 누구에게나 기둥 같은 존재이며 에바처럼 쉽게 겁에 질리는 사람들에게 보호막이 되어 주었다.

'아, 마르타, 마르타, 언니가 옆에 있어 줘서 얼마나 좋은지 모르겠어.'

그런데 에바는 마르타에게 차마 이 말을 못 하겠다. 그 말을 도저히 할 수 없다. 이미 세상은 자기의 본모습을 상실하고 찌그러진 덩어리로 변해 가고 있지만 만약 지금 마르타가 사라진다면 길을 찾는 좌표까지 상실하고 말 거란 사실을.

마침내 군인이 눈에 들어왔다. 열여덟 살쯤 되어 보이는 소년들이다. 화가 잔뜩 나 있고 먹다 남은 쓰레기가 가득 든 냄비를 끌듯이 가져오고 있다. 대부분 감자 껍질이다, 그래도 얼마나 기다렸던 음식인가. 에바와 마르타, 어른이나 아이 할 것

없이 모두 심하게 굶주리고 기다림과 추위에 지쳤다. 얼굴은 햇볕에 타고 고작 누더기 같은 것이나 두르고 있는 처지지만 음식을 보자 다시 기운이 솟는 듯 눈을 반짝이며 앞을 향해 나갔다. 그런데도 사령관이 뭔가 말을 내릴 때까지 가만히 기다려야만 했다. 군인들은 뭔가 러시아어로 떠들어 댔다. 그런데 에바는 그들이 하는 말을 모른다. '감사합니다', '안녕히 가세요' 정도의 인사말과 겨우 빵이니 감자니 하는 단어들이나 리투아니아어로 배웠을 뿐이다. 그런데 그 군인들은 에바가 아는 빵이나 고맙다는 말을 리투아니아어로 하지는 않는다. 그들이 외치는 것은 그저 러시아어로 어디 가는 거야, 이 악마 새끼들아, 어디 가는 거냐고, 파시스트들, 더 가까이 오면 얻어터질 줄 알아, 저리로 떨어져 있어, 안 그러면 주둥이를 날려 줄 테니까, 저쪽으로 가서 서 있으란 말 안 들려, 대략 이런 말들인 것 같다.

그 누구도 군인들의 말을 거역할 마음은 조금도 없지만 사람들은 자기도 모르게 몸이 앞으로 기울고 손을 뻗어 음식을 챙겨 갈 채비를 하고 있다. 얼마든지 손에 담기만 하면 그건 다 자기 몫이다. 에바는 다른 사람들에 섞여 음식물 찌꺼기와 감자 껍질이 가득한 냄비 옆에 서 있는 군인들 곁으로 갔다. 순간 공간이 오그라들고 사람들의 손과 얼굴이 윤곽을 잃어버리는 것 같다. 모든 것이 늘어났다가 다시 쪼그라든다, 하늘과 땅이 이상할 만치 천천히 움직였다. 군인들은 냄비를 땅 위에 쏟았다. 군인들이 밥을 먹는 식당 뒷문 바로 옆이다. 이전엔 휴게

실이었지만 지금은 식당으로 쓰고 있다. 오늘은 유독 많이 버렸다.

군바리는 독일어로 장난치듯 말했다.

“어서들 드세요, 파시스트 양반님들.”

독일어로는 그냥 먹으라는 말만 할 줄 알지 다른 말은 다 러시아어로만 할 뿐이다. 하지만 굶주리고 배고프고 추위에 떠는 이들에게는 그들이 무슨 말을 지껄이든 전혀 중요하지 않았다. 사람들은 감자 껍질과 음식물 찌꺼기 쪽으로 몰려들어 직접 가져온 누더기 봉지와 가방 속에 퍼 담았다. 어떤 노파는 “그거 내 거야, 나도 좀 먹고살아야지.” 하고 소리를 질렀다. 노파가 땅으로 넘어지자 누군가 그 위에 쓰러지고 누군가는 손이 밟혔고 노파가 소리를 질렀다. 에바는 잠시 놀라 주춤했다. 음식물 쓰레기 안으로 무슨 벌레 같은 것이 기어가는 것을 보았기 때문이다. 하지만 그런 장면은 애들 생각을 해 보라는 마르타의 말에 눈 녹듯 사라졌다. 아니면 착각일지도 모른다, 에바 자신이 한 말일 수도 있다. 애들을 생각해, 아마 자신의 마음속에서 울려 나오는 소리일 것이다. 어머니라는 인간 본성 깊은 곳에 있는 목소리. 에바는 마치 야수처럼 닥치는 대로 손으로 집고 빼앗고 밀치며 자기가 가져온 봉지 안으로 살얼음이 낀 감자 껍질을 욱여넣었다. 울고 있는 듯했다. 아니면 배고픔과 매서운 바람에 눈물 몇 방울이 흘러내린 것인가.

“이 돼지들 좀 보라지. 인간성이란 걸 다 잃어버렸구먼.”

군인이 러시아어로 말했다. 그러더니 그동안 피우고 있던 여성용 파이프를 건물에 툭툭 털어 담뱃재를 버렸다.

눈발이 바람에 날린다.

거센 바람이 눈발을 몰아온다, 눈에 부딪힌다. 에바와 마르타는 발걸음을 재촉했다. 그러나 발을 내딛기가 너무 힘든 두 여인의 실루엣은 앞으로 기울어진 채 엄습해 오는 밤에 깊이 잠기고 있다. 민들레가 피던 이 자리에는 목화를 보관하던 창고가 있었다. 지금은 한쪽이 폭격으로 무너져 내려앉았다. 마치 배가 갈려 내장이 드러난 짐승처럼 속을 벌리고 있다. 건물 안에는 끝을 알 수 없는 어둠만 있을 뿐이다. 이렇게 죽어 있는 건물이 에바는 몹시 무서웠다. 그 안에서는 어둠이 장난을 치며 마르타와 자기 뒤를 따라다닐 것만 같았다. 땀이 비 오듯 하지만 추위에 금세 식었다. 한때는 익숙했던 고향 마을이 이런 폭풍우 속에서는 왠지 생명을 잃은 듯 낯설고 무겁게 보였다.

어딘가에서 총소리가 울렸다. 그리고 또 한 발. 여자들은 거세지는 폭풍우와 눈의 회오리바람 속을 뚫고 발걸음을 재촉했다. 멀리서 바람결을 타고 러시아인들이 연주하는 아코디언 소리가 들렸다. 모르는 노래다. 하지만 정말 다행이다. 뭔지 알 수는 없지만 이 세상 음악은 아니니까. 에바는 이런 단조풍의 별 볼일 없는 광야의 노래를 자신이 맨정신으로 직접 써 내려가는 것 같은 기분이었다. 에바는 군대 식당에서 가져온 감자 껍질을 품에 더 세게 감싸 안았다. 집에는 굶주린 아이들이 기다리고 있다. 에바는 아이들을 자신의 목숨보다 더 사랑한다. 에바는 늑대들에게 자기 몸이 갈가리 찢기는 한이 있어도 지금의 비극을 겪고 신의 벌을 감내해야 하는 순진무구한 아이들에게 자기의 몸을 던져 줄 수도 있다. 에바가 감자 껍질을 가지고 가면 시누이 로테가 오븐 위에다 감자 껍질을 잘 말려 줄 것이다. 말린 감자 껍질은 구식 커피 기계에 잘 갈아서 밀가루와 함께 파이를 만들어 먹으면 된다. 에바는 로테가 없다면 어떻게 살 수 있을지 모르겠다. 로테가 없다면, 마르타가 없다면.

에바와 마르타는 서둘러 집으로 향했다. 바람과 추위에 한껏 웅크린 그들은 서로에게 아무런 말도 섞지 않았다. 눈이 몰아치는 회오리바람 사이로 드문드문 자동차, 군인, 사람들의 어스름 그림자가 보였다. 웃는 사람도 있고 어디선가 총을 쏘는 소리도 들렸다. 술에 거나하게 취한 러시아 군인들의 눈길을 피해 방향을 바꾸는 에바와 마르타에게 그 군인들이 뭐라 소리를 지르지만, 여자들은 아무것도 안 들리는 척 무심히 갈 길을 갔다. 그 자리에서 멈추거나 뒤를 돌아보지 않고 그냥 그들의 옆을 안전하게 지나가는 것 외에는 도리가 없다. 에바는 발걸음을 옮길 때마다 예수가 사람들에게 가르쳤다는 그 기도문을 되뇌었다. "하늘에 계신 아버지여, 능력이 이곳에 임하옵시고…." 생각해 보니 에바는 그냥 성당에만 다녔을 뿐 신실한 신자는 아니었던 것 같다. 그러나 지금은 에바가 아이들에게 가르쳤던 기도문을 자기도 외우고 있다. 그렇게 기도를 하면

신의 입술이 닿은 성스러운 어휘들이 에바를 도와줄 것만 같았다. 마르타가 그런 에바를 보며 평소답게 굴라며 웃었다. 에바는 마르타에게 화를 내지 않는다. 마르타한테 화를 내는 것은 말도 안 된다. 그렇게 아름답고 강하고 어떤 나쁜 소문에도 흔들림이 없는 마르타에겐 화를 낼 수 없다. 안 되고말고. 아주 정말로 가끔이긴 하지만 지금처럼 누군가의 심기를 건드릴 만한 농담을 할 때도 말이다. 정말 믿기 어렵지만 마르타는 이런 순간에도 농담하며 웃곤 한다. 아마 다른 사람들의 기분이 너무 가라앉지 않게 해 주려나 보다.

갑자기 누군가 에바의 손을 잡고는 여자가 어쩌고 중얼거리면서 끌어당겼다. 정신이 나간 듯 술 취한 러시아 군인이 웃으며 괴성을 지르고 있었다. 에바는 자기도 모르게 소리를 치며 군인을 밀어 보지만 더 강하게 끌어 잡는 군인 때문에 그만 둘 다 땅 위로 같이 쓰러졌다. 에바는 군인 입에서 나는 고약한 술 냄새가 역겨워 군인을 계속 발로 차고 밀면서 일어나려고 애썼다. 마르타는 그 남자를 에바한테서 떼어 놓으려고 했지만 군인은 에바의 옷소매를 더 세게 휘어잡았다. 갑자기 휘몰아치는 눈보라가 데려다 놓았는지 그들 주변으로 낄낄대며 웃는 군인들이 더 많이 몰려오고 있었다. 모두 무언가 한마디씩 하고 있다. 마치 여인들을 놀리려는 듯 독일어로 던지는 말이 귀에 들어왔다.

“숙녀님들, 겁내지 말라니까. 우리는 전부 부드러운 사람들이야.”

그리고 또다시 웃음이 메아리쳤다.

다른 이가 끌어안으려 하자 마르타는 악착같이 밀어냈다, 누군가 에바의 다리를 끌어안았다. 여자에 굶주린 또 다른 인간이 넘어지면서 바닥에 굴렀다.

마침내 남자들에게서 벗어난 두 여인은 젖 먹던 힘까지 다해 뛰기 시작했지만 남자들은 쉽사리 포기할 뜻이 없는지 계속 뒤따라왔다. 하늘에 대고 총질을 해 대기도 했다. 에바는 아이들을 주려고 챙긴 음식을 가슴에 품어 안았다. 어떤 일이 있어도 그 음식을 빼앗겨서는 안 된다. 여자들은 길을 벗어나 건물 사이 어둠 속으로 들어섰다. 이 작은 마을의 구석구석을 그들은 잘 알고 있었다. 여기 학교를 지나가면 곧 불타 버린 경찰서 건물이 나올 거고 거기서부터 전쟁의 잔해랑 공터와 정원을 지난다. 지금 중요한 것은 저 미쳐 버린 러시아 군인을 최대한 멀리 유인해 추위에 얼어 죽게 해야 한다. 그렇지 않으면 그들의 집까지 따라올 것이고 그렇게 되면 땔감 창고의 자물쇠쯤이야 금방 부수고 집으로 쳐들어올 것이다. 에바 가족은 낡은 땔감 창고에서 산다. 새로 온 사람들이—뇌를 다친 장교 부부—집을 인수하자마자 에바 가족은 땔감 창고로 옮겨야 했고, 이제는 그곳을 집으로 쓰고 있다.

이제 더 이상 뛸 힘도 없는 에바는 건물의 벽을 가만히 쓰다듬다가 무릎을 굽히고 구석에 몸을 기댄 채 기다렸다.

'그런데 마르타 언니는 어디 갔지? 언니도 같이 오는 줄 알았는데 술 취한 러시아 군인들에 맞서 싸우다가 같이 뛰어온

것 같은데 어디로 사라진 거지? 지금 대체 어디에 있는 거야?'

갑자기 에바의 귀에 총소리가 들렸다. 몇 발이 연달아 울렸다.

'오, 주여, 저와 제 친구 마르타를 굽어살펴 주시옵소서. 마르타의 가족과 아이들 그리고 제 아이들을 지켜 주시고 이 죽음의 사막에서 우릴 건져 내어 생명을 되돌려 주소서.'

에바는 다리를 일으켜 세워 앞으로 나가 보려 했지만 무슨 나뭇가지 같은 것에 걸려 넘어지고 말았다.

아, 나뭇가지가 아니라 사람의 팔이다.

늑대들이 사람 고기 맛에 들렸다고 말할 정도로 추위에 꽁꽁 얼어붙은 시체들이 길가에 널려 있다. 보통 사람들이 있는 곳엔 늑대들이 서성대지 않을 텐데 그 늑대들이 대체 어디서 나온 것인지….

에바는 죽어 버린 인간들은 더 이상 두려워할 필요가 없다는 것을 알아차리고 일어나 주위를 살펴보았다.

여인은 밤과 바람의 소리에 귀를 기울이고는 주위에 아무도 없는 것을 확인하고 손을 더듬어 집으로 가는 길을 찾았다. 그림자 같은 에바의 모습이 밤의 어둠 속으로 사라졌다.

그러나 그 시신은 여전히 무언가를 갈구하는 듯 팔을 뻗은 채 그 자리에 누워 있을 것이다.

그는 추위를 더 이상 느끼지 못한다.

춥다. 사람이 살라고 지은 곳이 아닌 땔감 창고에서 지내기란 여간 힘든 것이 아니다. 이 추위란 놈이 집 안의 온 틈을 휩쓸고 지나다닌다. 집 안에 있으면 얇은 벽 건너편에서 고함치는 바람 소리와 눈보라에 휘말려 집으로 들어오는 바람의 아우성 소리가 노골적으로 들렸다. 탁자를 대신하는 상자 위에 놓인 파라핀 초가 타들어 가고 있다. 로테 고모가 초를 많이 모아 둔 것이 얼마나 다행인지 모른다. 로테 고모는 그 어떤 것도 절대로 믿지 않는다. 승리도, 만세를 부르는 군중들도, 목이 터져라 환호하는 목소리도, 점점 멀어지는 행진의 발걸음에 맞춰 발로 땅을 구르며 사랑스러운 총통을 기다리는 이들도. 고모는 잘 기억하고 있었다. 사람들은 베를린에서 모두 뭔가에 홀려서 구호를 외쳤다. "독일 만세! 독일 만세! 독일 만세!" 거기선 나이 든 여자, 젊은 여자 할 것 없이 모두 하나같이 총통의 정액을 받기 위해서 자궁이라도 꺼내어 줄 준비가 되어 있었다. 로테 고모는 그러지 않은 유일한 사람이었다. 고모는 언젠가 책을 쓰기도 한 작가였는데 그 책들이 지금 다 어디에 갔는지는 모르겠다. 그런데 바람과 추위가 기승을 부리고 죽음과 기아가 창궐하는 판국에 그깟 책 따위가 누군가에게 쓸모나 있을지, 아니 언젠가 필요한 시절이라도 있었는지 모를 지경이다.

촛불의 불꽃이 바람에 흔들린다. 폭풍우의 파도가 잠잠해질 듯하다가 나무로 지은 집 벽을 휘감는다. 집 안은 언제나 춥다. 철제 난로가 어느 정도 도움이 되기는 하지만 그래도 항상 불을 때고 있지 않으면 어림도 없다. 땔감은 시내에서 모아서 가지고 와야 하는데 그 일은 언제나 아이들이 해 왔다. 배가 고파서 약해져 있는 아이들이 이런 일을 어떻게 할 수 있단 말인가. 게다가 새로 살 집을 호시탐탐 노리고 있는 군인들, 상이용사들과 새로운 정복자들이 길마다 진을 치고 있어서 밖에 나가는 것 자체가 아주 위험한 일이었다. 그 군인들에게 살 집을 마련해 주기 위해 마음에 드는 집은 무조건 가질 수 있다는 명을 내렸다. 그런데 이미 그 집에 살고 있는 원주민들에 대한 고려는 전혀 하지 않았다. 모든 건물과 집 그리고 땅에는 엄연히 주인이 있다는 것에는 관심이 없었다. 집과 땅을 마치 자신들의 포획물처럼 나눠 줄 것이라곤 아무도 생각을 못 했다.

에바의 가족이 살던 집에는 어떤 군인이 살찐 부인과 같이 살고 있다. 그들을 처음 보았을 때 오른팔을 잘 다루지 못하는 남자가 에바의 잠옷을 드레스처럼 입은 살찐 여자를 때리고 있었다. 그것을 본 에바의 가족들은 치를 떨었다. 그는 부인을 마치 죽일 듯이 때렸다. 죽음이 일상이 된 세상이었다. 그래도 남편이 자기 아내를 때리다니, 게다가 레나테랑 헬무트 또래의 여섯 살, 다섯 살짜리 아이들이 보는 앞에서 말이다. 하지만 그 이후로 때리는 것은 더 이상 볼 수 없었지만, 한동안은 세상에서 가장 불행한 사람이나 동물이 울어 대는 것 같은 소리가 밤에도 귀청을 울렸다. 처음엔 그 소리가 들릴 때마다 겁이 났지만, 나중에는 그 사람들만의 사랑 노래려니 하고 신경도 쓰지 않게 되었다.

러시아 군인들이 처음 마을에 왔을 때 사람들은 톨스토이나 도스토옙스키의 후손들이 개승냥이 같지만은 않게 해 달라고 기도를 하기도 했다. 이웃집 아저씨는 에바의 집에 찾아와서는 담배를 피우며 할아버지에게 러시아 사람들은 교육받은 사람들이고 우리와 다를 바가 없으니 겁낼 거 하나 없다고 말하곤 했다. 나중에 러시아 군인들을 직접 보니 장총이 발목까지 내려올 정도로 키가 작아 전투에서 어떻게 생존했는지 의아스러울 정도로 초라해 보였고, 기다란 코트를 입고도 쓰러지지 않고 잘 걸어 다니는 것이 신기할 따름이었다. 나중에 이웃집 어르신이 말하기를 전쟁통에 얼굴에 잔뜩 주름이 생긴 그 아이들은 톨스토이의 책 따위는 읽어 본 적도 없는 게 확실하고, 독일 사람들은 모르는 뭔가 다른 것을 읽고 경험한 듯하다고 했다. 수년 동안의 잔인한 전쟁을 겪으면서 사람이 죽고 사는 것에는 별 관심이 없어졌고 오직 복수심으로만 사는 것 같다고도 했다. 러시아어를 겨우겨우 할 줄 아는 이웃집 아저씨는 그들과 무언가 심각한 이야기를 해 보려고 하는 것 같더니 며칠 후 자기 집 사과나무 가지에 대롱대롱 목이 매달려 흔들리는 채 발견되었다. 그 후 러시아 군인들은 할아버지에게 찾아와 손자들과 딸, 며느리 모두 당장 살고 있는 집에서 나와 땔감 창고에서 살라고 명령했다. 그 말은 사랑하는 집에서 쫓겨나 거리로 내몰리는 것과 마찬가지였다. 할아버지는 손자 다섯 명과 딸과 며느리와 함께 땔감 창고에서 어떻게 살란 말이냐고 분통해하시면서 어떻게든 점령군의 사령관과 타협해서 집을 되찾아 보겠다고 나갔다가 끝내 영영 돌아오지 못했다. 할아버지의 딸인 로테 고모는 나가 봐야 할 수 있는 것이 아무것도 없을 거라면서 아버지를 말려 보았지만 소용이 없었다. 지금은 퇴역했지만 1차 대전의 영웅이었던 할아버지는 위풍당당하게 주머니 속에 담뱃잎 상자를 집어넣고 금수저, 은수저, 독수리가 양각된 철제 담뱃갑 같은 귀중품들과 소소한 물건들을 다 챙겨 나갔다. 가족과 살림을 구하고 아이들이 따뜻하게 살 집을 지키기 위해서라면 이런 것들은 다 주어도 상관없다면서 적진으로 향했으나 할아버지는 돌아오지 않았다. 그리고 러시아인들이 말한 대로 땔감 창고가 그들의 집이 되고 말았다.

그런데 사실 러시아 군인들이 처음부터 그들을 밖으로 내몬 것은 아니었다.

처음 온 사람들은 여러모로 괜찮은 사람들이었다. 음악대학에서 음악을 전공하던 에바는 언제나 피아노 치는 것을 좋아했으나 키 크고 항상 웃고 주근깨가 매력적인 농부 루돌파스를 사랑하게 된 후 학업을 접어야 했다. 루돌파스는 에바를 마을에 있는 농장으로 데려왔다. 베를린 처녀가 그곳에서 적응

하는 게 녹록하지 않았지만 사랑은 모든 것을 이겨 냈다. 아이도 하나둘씩 태어났다. 루돌파스는 부인에게 훌륭한 피아노도 선사해 주었다. 그랜드피아노를 원했으나 농부의 집에 두기에는 너무 값나가는 것이었다. 그리고 전쟁이 시작되자 루돌파스와 작별을 해야 했다. 에바는 모차르트와 라흐마니노프도 연주했지만 아이들이 좋아하는 것도 자주 연주했다. 엄마가 연주하고 아이들이 노래를 부르는 순간은 천상에서나 누릴 만한 행복의 시간이었다. 이렇게 추운 땔감 창고에서 굶주림에 시달리며 그날을 떠올릴 때가 오리라는 것은 꿈도 꾸지 못했다.

처음 마주한 러시아인들은 아주 문화적이었다. 어떤 러시아 장군은 에바의 집에 피아노가 있다는 말을 듣고는 저녁마다 찾아와서 정중히 연주를 부탁하고 피아노 옆에 앉아 에바의 연주를 듣고 때로는 자신이 직접 연주를 하기도 했다. 연주 실력으로 봐서는 전쟁 전에 음악을 했던 사람인 듯했다. 그의 이름은 안드레이였다.

베토벤 곡을 즐겨 쳤는데 특별히 '월광'을 좋아했고 유독 드라마틱한 주법으로 소나타 연주를 마쳤다. 에바의 허름한 피아노가 아닌 마치 연주회장에 있는 피아노로 연주하는 듯했다. 한번은 안드레이 장군이 에바가 피아노 옆에 모아 두었던 악보를 펼쳐 보게 되었다. 그가 미처 보지 못한 악보들이었다. 에바는 그 악보들이 어디에서 난 것인지 말하지 않았다. 그것은 사티의 곡들이었다. 당시 나치에 점령된 파리로 파병을 간 루돌파스가 보내 준 악보들이었다. 악보 자체는 아무것도 특별할 것 없는 평범한 것들이었지만 더할 나위 없이 매력적인 그 곡들은 에바가 가장 아끼는 음악이 되었다. 사티라는 사람이 마음에 든 것인지 음악이 좋았던 것인지 아니면 사랑하는 루돌파스가 보내 주어서 좋았던 것인지 에바도 알 수 없었다. 이유가 아무려면 어떠랴. 안드레이도 사티를 연주하기 시작했다. 그는 '그노시엔느 5번'을 유독 마음에 들어했다. 꼬마 레나테도 이 멜로디를 아주 좋아했는데 러시아 장군이 이 곡을 연주하고 있으면 부엌에서 춤을 추곤 했다.

얼마 뒤 그 장군이 물러나고 다른 이가 부임했다. 새로 온 이들에게는 피아노도 사티도 베토벤도 아무런 의미가 없었다. 집안의 가축까지 모든 것을 다 압수해 버리고 에바의 식구들한테서 집을 빼앗고 땔감 창고에 살게 해 버렸다. 할아버지는 돌아오지 않았다. 누구도 할아버지에 대해서 입을 열어 함부로 말하지 못했다. 할아버지는 그냥 그대로 나가 버린 것이다. 그게 진실이어야만 했다.

땔감 창고에는 피아노는커녕 살림살이가 거의 없다. 단지 신이 허락한 유일한 사치품인 철제 난로가 그들을 매일 추위에서 구해 주었다. 로테 고모가 어디에선가 가져온 초들과 집에서 나올 때 겨우 챙겨서 나온 옷가지 몇 벌, 침구 그리고 할아버지의 가죽옷 정도가 살림살이의 전부였다. 침대가 있을 자리에 대신 놓인 옷장은 식구들이 가진 모든 것들로 뒤덮여 있다. 그리고 그 위에는 레나테, 모니카, 브리기테, 헬무트 이렇게 네 명이 누워 잠을 잔다. 로테 고모는 군불을 지피고 그 옆에 앉아서 옛날이야기를 해 주었다. 먹을 것을 주는 대신에 말이다. 벽에는 집에서 가까스로 가져온 사진들이 걸려 있었고, 그 속에는 사진기가 포착한 가장 행복한 순간들이 담겨 있었다. 거기엔 온 가족이 있었다. 할아버지와 아빠 루돌파스, 웃고 있는 헤인츠 그리고 또 웃고 있는 엄마 에바, 모두가 웃고 있으며 행복에 넘치는 평화를 누리고 있다. 로테의 시선이 벽으로 미끄러지듯 흘러가고 눈빛으로 사진 속 미소를 모두 흡수하려는 듯 쳐다보고 있다. 금세 한숨을 쉬었다. 옷장에서 삐져나온 옹이 몇 개를 난로에 내던졌다.

아이들이 잠에 빠져들면 좋으련만 좀처럼 잠을 자지 않았다. 그들은 고모가 하다 만 이야기를 다시 이어서 해 주길 기다리는 중이다. 로테는 아이들이 배고픔과 추위를 이길 수 있도록 이야기를 계속 이어 가지만 잘되지 않았다. 이미 추위는 어디서나 도사리고 있다, 심지어 뼛속에도 자리 잡고 있다. 배고픔은 그들을 갉아먹고 있었다. 꺼지지 않는 얼음 불처럼, 영원히 사라지지 않을 불이다. 아이들은 마지막으로 배불리 먹어 본 것이 언제인지 기억도 하지 못했다. 그들에게 해 줄 수 있는 이야기란 이런 것들뿐이다. 빵 이야기, 고기 이야기, 순무 이야기 그리고 음식 이야기.

그런데 에바는 아직도 오지 않았다. 땔감 창고 벽 뒤로는 폭풍우가 여전히 으르렁댄다, 그 포효 사이사이로 총소리가 산발적으로 들렸다. 개들도 돌아다니고 있나 보다.

"엄마 언제 와요?"

레나테가 묻는다.

"올 거야, 오고 말고… 헨젤은 밤중에 일어나 새엄마 몰래 조용히 밖으로 나갔어요. 달이 높이 떠서 빛나고 있었어요. 그 빛은 잘 닦여진 길 위에서 장난치며 놀고 있었고 조약돌들은 마치 단추처럼 반짝였지요. 헨젤은 달빛으로 만들어진 단추를 주머니 가득 모아야지, 마음먹었어요. 그리고 마음먹은 대로 반짝이는 조약돌들을 주머니 가득 모으고 나서 잠을 자러 들어갔어요. 아침이 밝았고 새어머니가 아이들을 깨우러 나왔어요. 일어나렴, 이 게으름뱅이들아. 나무하러 숲에 가야지. 땔감이 다 떨어졌다…."

"엄마 언제 와요?"

헬무트가 묻는다.

"오실 거야, 금방 오실 거야, 조금만 참아…. 사람들은 전부 다 숲에 갔어요. 그레텔은 길을 걸어가며 조용히 눈물을 흘렸어요. 새엄마가 자기들을 숲에 버리고 오면 어떻게 할까 걱정이 되었거든요. 그런데 헨젤은 별 두려움 없이 앞으로 열심히 걸어갔어요. 걱정이 없이 아주 행복해 보였어요. 헨젤은 몇 발짝 걷고 나서는 밤에 모아 놓은 조약돌을 하나씩 던져 놓았어요. 숲에 도착하자 아버지는 잔가지를 모아서 모닥불에 쓸 땔감을 모으라고 했어요. 아이들이 땔감을 모아 오자 아버지는 불을 붙였어요. 그리고 엄마가 말했어요. 너희들은 여기 모닥불 옆에서 좀 쉬고 있거라, 난 아버지와 나무하러 더 깊은 숲속에 다녀오마. 그리고 이 모닥불 옆에서 한 걸음도 움직이면 안 된다. 산짐승들한테 잡아먹힐 수도 있으니까."

"엄마 언제 와요?"

모니카가 묻는다.

"올 거야, 모니카, 오실 거야…. 새엄마는 아이들을 모닥불 옆에 버려두고 아버지와 숲에 들어갔어요. 새엄마와 아버지는 나무를 하지 않았어요. 나무 옆에 커다란 나무조각을 묶어 두고 바람이 불 때마다 나무와 부딪혀서 도끼질 소리가 나게 한 거였어요. 아이들은 아주 배가 고팠어요. 입에 뭐라도 넣은 게 아주 오래전이었어요. 오직 잠만이 배고픔을 이길 수 있어요. 잠이 들면 먹고 싶다는 생각이 들지 않아요. 그리고 아이들은 따뜻한 모닥불 옆에서 평온하게 잠이 들어서 한밤중까지 깊이 잠을 잤어요…."

"나도 배고파요, 나도 배고파요."

헬무트가 칭얼거렸다.

"곧 엄마가 오실 거야. 그땐 뭐 먹을 것을 가지고 오실 거야, 그때까지 조금만 참자."

"배고프다니까요."

"엄마가 뭐 먹을 거 가지고 오실 때까지 이야기 들으면서 참아… 좀 자…."

"이야기 싫어, 빵 먹을래."

가장 큰 누나인 브리기테가 헬무트가 칭얼거리는 소리를 참지 못하고 말했다.

"얼른 자. 칭얼대지 말고. 우리는 너만큼 안 힘들 것 같아?

우리는 너만큼 안 배고플 거 같냐고. 헬무트, 우리도 전부 배고파, 그런데 참아야 돼. 아침에 우리 같이 빵 찾으러 가자. 분명히 먹을 수 있을 거야. 혹시 알아? 내일 네 형 헤인츠가 리투아니아에서 먹을 것을 많이 가지고 돌아올지. 그러니까 지금은 자자, 알았지?"

"만약에 형이 오다가 숲에서 늑대한테 잡아먹혔으면 어떡해?"

로테는 주전자에서 따뜻한 물을 부어서 헬무트에게 가져다주었다.

"이제 늑대는 없어. 이야기 속에만 있지. 지금은 사람이 늑대보다 더 무서워. 뜨거운 물 좀 마셔, 몸이 따뜻해질 거야. 뭔가 따뜻한 게 들어가면 잠도 더 잘 오지."

헬무트가 물을 받아 마셨다.

다른 아이들도 뜨거운 물을 달라고 했다.

어둡다. 겨울이라고 해서 무조건 어두운 것만은 아니다. 눈은 자신의 흰색으로 밤의 공격을 막고 있다. 에바는 미끄러지고 넘어지기도 하며 발걸음을 바쁘게 재촉하고 있지만 가끔은 가만히 서서 누가 따라오지는 않는지 어디에서 비명 소리나 총소리가 나지는 않는지 살폈다. 빛이라곤 찾아볼 수 없는 폭풍우와 밤의 한가운데에서 자기가 어디에 서 있는지 인식하기란 정말 어려웠다. 지붕 위로 빛이 스며 나오는 곳은 이전엔 학교 건물이었지만 보아하니 지금은 러시아군 총사령부가 되었다. 이제 왼쪽으로 꺾어야 한다. 그럼 집들 사이 작은 틈새가 있을 것이다. 그러면 바로 도시의 큰길로 나갈 수 있다. 그 길만 건너면 집이 금방이다.

바람에 날리는 눈발 때문에 눈을 뜰 수가 없다. 에바는 감자 껍질이 들어 있는 봉지를 가슴에 안았다. 얼른 집에 가야 한다. 될 수 있는 한 빨리 집에 가야 한다. 집을 끼고 돌아서자 러시아인들이 담배를 피우고 있는 것이 보였다. 에바는 잠시 멈칫하다가 어둠 속으로 뛰어들어 도망쳤다. 집들 사이에서 숨을 고르고 거리를 건너다가 오른쪽으로 꺾어서 발걸음을 다른 곳으로 돌렸다. 젖 먹던 힘을 다해 달렸다. 건물들 사이에서 숨을 거칠게 쉬면서 길을 건넜다. 발이 이끄는 대로 오른쪽으로 꺾었다. 러시아 군인들이 에바를 발견하고 뭔가 러시아어로 중얼거리고 속삭였다. 아마 욕을 했는지도 모른다. 아니면 그냥 아무렇지도 않게 바라보고 있었는지도 모른다.

'여기 좀 봐요, 독일 아줌마! 도망가 봐야 소용없어. 바보 같은 것, 기다려 봐. 어딜 도망가는 거야. 우린 나쁜 짓 안 해. 우리가 얼마나 좋은 사람들인데, 에이, 거기, 서 봐요. 서라니까, 이 여자야!'

에바는 이제 집에 거의 다 왔다. 아이들이 멀지 않은 곳에 있다. 마구간 벽에 기대서 귀를 기울였다. 심장 소리가 쿵쾅대는 소리가 어찌나 큰지 아무 소리도 들리지 않았다. 에바는 두렵다. 그런데 춥기까지 하니 절망이 조금씩 에바의 마음을 휘감았다. 바람이 모든 걸 꿰뚫으며 사정없이 내리꽂는 지금 얼마나 그곳에 서 있을 수 있을까, 얼마나 여기에 숨어 있을 수 있을까. 이미 볼에는 아무런 감각이 없다. 아마 한밤중에 군인들을 피해서 돌아다니다가 동상에 걸린 것 같다.

로테 고모는 여전히 '헨젤과 그레텔' 이야기를 해 주고 있다. 헨젤이 길을 잃지 않으려고 빵 조각을 길 위에 뿌리는 대목을 들려주고 있었다.

"나라면 빵 조각을 안 버릴 텐데요."

헬무트가 말했다.

"나라면 다 먹어 버릴 거예요. 할아버지가 식빵을 아주 크게 잘라서 꿀을 발라 준 적이 있었어요. 내가 먹기 싫다고 했더니 할아버지가 말했어요. 네가 돼지도록 굶어서 배가 고픈데도 먹을 게 없는 시절을 겪어 봐야 정신을 차리지….”

“그런 못된 말 쓰면 안 돼.”

로테 고모가 말했다.

“할아버지는 어떻게 알았을까요? 로테 고모, 우리가 이렇게 배고파할 날이 올 거라는 것을 할아버지는 어떻게 알았을까요.”

“입 닥쳐.”

브리기테가 호통쳤다.

“조용히 하라고. 우리 모두 배가 고파. 근데 왜 너 혼자만 그렇게 못 견디고 안달이야. 왜 너만 그렇게 가만히 못 있냐고. 엄마가 먹을 거 가져올 거라고 했잖아. 얼른 자, 안 그러면 내가 너 가만 안 둘 거야. 귀를 잡아서 비틀어 버릴 테니까. 내가 얼마나 무서운지 잘 깨닫게 될 거야.”

“얘들아, 싸우지들 마. 뭐라고 하지 마. 자, 이제 눈을 좀 붙이렴. 우리는 지금 싸우면 안 돼, 짜증을 내서도 안 돼. 우린 서로 도와야 해, 서로서로 도와야만 살 수 있어. 그래야 살아남을 수 있어.”

“잠깐만, 무슨 소리 안 들려?”

레나테가 물었다. 전부 숨을 죽였다.

“맞아, 발자국 소리가 들려. 누가 급하게 걸어오고 있어. 눈 밟는 소리다, 그래, 맞아. 틀림없어, 엄마다, 엄마가 왔다.”

로테 고모가 문가에 가서 누구냐고 물었다.

"나예요, 언니. 저 왔어요."

문 뒤에서 잔뜩 잠긴 에바의 목소리가 들렸다. 로테가 문을 열었다. 에바가 눈바람을 한 짐 지고 안으로 들어왔다. 로테는 빨리 에바를 안아 주고는 문을 닫았다. 에바는 철제 난로 앞에서 몸을 웅크리고 앉아서 말했다.

"가져왔어요… 언니. 먹을 것 좀 가져왔어요."

"무슨 일이에요. 무슨 일이 난 거예요, 에바."

로테가 조용히 물었다.

"날 계속 따라왔어요. 쫓아오더라구요. 어떻게 도망쳤는지 모르겠어요. 군인들이 계속 따라오는 통에 마르타를 놓쳐 버렸어요."

"내가 몇 번이나 말했잖아요. 시내를 그렇게 돌아다니면 위험하다고 안 그랬어요? 이리로 얼른 와요, 얼굴에 좀 발라요."

로테는 재와 진흙을 조금 손으로 떠서 에바에게 발라 주기 시작했다. 얼굴과 손, 신발, 목 그리고 다시 얼굴….

"이렇게 자신을 지켜야 한다고 그랬잖아요. 이렇게 더럽게 해 놔야 제대로 숨을 수 있다고요. 이렇게 냄새나는 마녀처럼 하고 다녀야 러시아 군인들을 피할 수 있어요."

레나테는 엄마의 얼굴에 진흙이 발리는 모습을 재미있게 쳐다봤다. 엄마가 마녀처럼 보여 웃음이 터졌다.

"얼른 촛불 꺼. 얼른 끄라고. 불빛이 창문이랑 작은 틈 사이로 다 나간단 말이야."

로테가 다급하게 말했지만 이미 늦었다.

누군가 문을 두드리고 발로 찼다. 식구들은 모두 몸을 웅크리고 에바는 벽에 붙어서 몸을 웅크렸다. 아이들은 공처럼 서로를 끌어안았다.

로테가 문을 열었다.

안으로 군인 세 명이 들어왔다. 눈이 부실 정도의 빛이 어둠을 가른다. 그중에 한 명이 엄청나게 밝은 야간 조명을 가지고 있었다.

“어이, 어떻게들 살고 계셔요. 파시스트님들? 이렇게 어두운 곳에서 무엇들 하시나, 숨으시려고?”

불빛이 집 안 여기저기를 훑으며 어둠 속 겁에 질린 사람들의 얼굴을 비췄다. 여기저기 옮겨 다니던 불빛은 에바의 얼굴 위에서 멈추었다.

“여기 봐, 독일 사람들은 전부 이렇게 못생긴 반야만인이라니깐. 이렇게 안 씻을 수도 있나. 이 괴물은 냄새가 코를 찌르는구먼.”

군인 한 명이 에바의 옆구리를 발로 차며 웃었다. 다른 군인이 이불을 들췄다. 그 안에는 겁에 질려 웅크린 채 서로 끌어안은 아이들이 울고 있었다. 헬무트는 얻어맞는 짐승처럼 소리내어 울기 시작했다.

로테는 군인들의 발을 끌어안고는 그의 손에 입을 맞추며 어설픈 러시아어로 애원했다.

“아이들은 건드리지 마세요. 아이들은 건드리지 마세요.

제발 그러지 마세요."

군인은 웃으며 말했다.

"세상에, 이년은 러시아 말을 어찌 이렇게 빨리도 배웠을까."

군인은 다리로 로테 고모를 밀어 떼어 놓았다. 다른 이는 소리 지르는 헬무트의 멱살을 잡았다.

"입 닥쳐, 조용히 하라고."

그러더니 헬무트를 바닥으로 내던지고 나서는 브리기테의 손을 휘어잡고 모니카와 레나테의 손에서 떼어 내더니 침대에서 끌어 내리려 했다. 모든 식구들이 브리기테를 구하겠다고 달려 나와 울면서 사정했다. 심지어 어린 헬무트도 울먹이며 군인의 전투화를 끌어안고 자기가 아는 러시아 말 한마디를 해 대며 사정했다.

"스파시바, 스파시바, 스파시바*…."

로테 고모가 군인의 손을 잡고 사정을 했다. 군인은 손을 세게 흔들어 로테를 밀어 버리더니 장총을 들어 개머리판으로 로테의 머리를 쳤다. 로테는 서 있던 모습 그대로 땅으로 고꾸라지고 말았다.

아이들은 더 크게 소리를 지르고 울며 간절하게 사정했다. 에바는 숨쉬기가 힘들었다. 에바는 브리기테를 품에 끌어안고 외쳤다.

* Спасибо(스파시바) 고맙습니다.

"차라리 나를 때려요, 나를 때리라고."

배고픔과 절망에 에바는 머리가 어지러웠다. 주변의 모든 풍경이 주저앉고 녹아내렸다.

누가 켰는지 땔감 창고에 촛불이 빛났다. 그 볼품 없는 집을 둘러보던 군인 한 명이 벽에 걸린 사진을 보다가 뭔가 떠올랐는지 촛불을 켠 것이다. 그는 담뱃불을 붙이고 우아한 콧수염을 두 손가락으로 꼬다가 지금에서야 겨우 깨달은 듯 뒤를 돌아보며 시끄러운 울음소리와 애걸복걸하는 소리에 신경이 쓰였다. 세월의 흐름이 역력한 주름투성이 얼굴은 몹시 고단해 보였다. 그는 수많은 전투에 참가하면서 많은 친구의 죽음과 부상을 목격했고 수많은 시체를 보았으며 수없이 피를 흘렸고 참호 안에 희망 없이 시체처럼 누운 채 흙으로 뒤덮인 적도 있었다. 그는 아주 크고 명확하고 힘 있는 소리로 말했다.

"그 여자애 가만 놔둬!"

아무도 그의 말에 신경을 쓰지 않자 그는 브리기테를 잡고 있는 군인의 어깨를 강한 손으로 휘어잡고 흔들며 말했다.

"그 여자애 가만 놔두라고!"

"왜 그러는 거예요?"

군인이 물었다.

"이 독일 계집애를 왜 가만히 두라는 건데요?"

"그냥 어린 여자애잖아, 아이라고. 바냐, 넌 여동생도 없어?"

"이것들은 언제나 복수를 해 줘야 한다구요. 망할 파시스트들이요.”

바냐가 외쳤다,

“애들은 자라서 똑같이 파시스트를 낳을 거라구요….”

“우린 같은 사람이잖아. 우리는 똑같은 사람이라고.”

나이 든 군인은 그의 귀에 대고 똑바로 말했다.

군인들은 잠시 말을 잃고 분노에 찬 표정으로 서로를 쳐다보았다. 바냐는 어쩔 수 없이 브리기테를 풀어 주었다.

그냥 하릴없이 철제 난로 위에서 끓고 있는 주전자를 발로 차며 마치 술 취한 표정으로 겁에 질려 있는 늙은 여인을 바라보더니 밖으로 나갔다. 다른 군인도 따라 나갔다.

늙은 군인은 혼자 남아서 독일어로 말했다.

“얼굴을 좀 닦으세요. 아무리 그래도 숙녀분인데.”

“스파시바, 스파시바.”

로테가 러시아어로 속삭였다.

“스파시바.”

군인이 밖으로 나갔다. 식구들은 로테 주변으로 모였다. 로테 머리에서는 피가 멈추지 않고 줄줄 흐르고 눈은 부어 있었다. 모두 서로를 끌어안았다.

“괜찮아. 애들아… 엄마 왔어. 엄마가… 먹을 거 구해 왔어. 우리 뭐 좀 만들어 먹자.”

로테 고모가 말했다.

날이 밝는다. 멀리서 기차의 덜컹거리는 소리가 들렸다.

아이들은 잠이 들었다. 로테도 잠을 자고 있다. 에바만이 혼자 깨어서 철제 난로 앞에 앉아 멍하니 앞을 보고 있었다. 잠시 후에 철제 난로 문을 열어 땔감을 조금 집어 던졌다. 불꽃은 온화하게 타고 있다. 에바는 루돌파스를 생각했다. 부모님 그리고 사랑하던 이들을 떠올렸다. 그들을 마지막으로 본 게 언제인지, 다들 살아는 있는지. 갑자기 그들의 눈, 얼굴, 미소가 몹시 그리웠다. 초에 불을 붙이고는 자는 사람들이 깨지 않도록 조심하며 침대로 쓰고 있는 옷장에서 나무 상자 하나를 꺼내 열었다. 편지들이 있다. 손으로 주섬주섬 집어서는 냄새를 맡았다. 평화롭던 옛날의 향기가 났다. 아니면 그냥 순진한 믿음일지도 모른다고 에바는 생각했다. 사진 몇 장을 꺼냈다. 군복을 입은 남편의 모습이 담긴 사진.

'이렇게 멋지고 늠름한 당신, 지금 어디에 있는 거예요. 편하게 누울 자리는 있는 거예요. 뭘 먹고 무슨 노래를 부르고 사는 거예요. 살아는 있어요. 우리 생각은 해요?'

이 사람, 그녀가 사랑하는 남편이자 아이들의 아빠가 전장에서 오래전에 유명을 달리했을 수 있으리라고는 믿고 싶지 않다. 생각도 하기 싫다. 그는 살아 있어야 한다. 꼭 다시 만날 날이 있을 거다. 살아 있는 한 다시 만나게 될 것이다. 그가 전쟁에서 왜 죽어야 하는가. 그렇게 많은 사람이 전장에 나가서도 멀쩡히 살아서 돌아오는데. 전쟁에서 이기고 지고 따위는 전혀 중요하지 않다.

에바는 사진을 보고 나서 자고 있는 헬무트와 딸들 그리고 로테의 얼굴을 번갈아 돌아보고는 모든 것을 잊은 듯 미소를 지었다. 멀리서 기차가 덜컹거리는 소리가 들린다.

밤이 저만치 물러가고 있고 폭풍우도 잠잠해졌다. 곧 날이 밝을 것이다.

여전히 소용돌이치지만 한낮의 휴식을 준비하며 물러나는 듯한 폭풍우를 뚫고 철길 위로 한 남자아이의 외로운 실루엣이 나타났다. 헤인츠다. 리투아니아에서 돌아오는 그의 어깨에는 가방 하나가 얹혀 있다.

사내아이는 몹시 피곤하지만 서둘러 발걸음을 옮겼다.

작고 외로운 여행자는 나타난 모습 그대로 밤의 한가운데로 사라졌다.

에바는 깨진 거울 조각을 보며 빗질을 하고 있었다. 로테가 얼굴에 발라 준 진흙도 조금 씻어 냈다. 지금까지의 일들이 목과 입술에 많은 주름을 만들어 놓았다. 그새 나이가 확 들어버린 느낌이다. 난로에 땔감도 더 넣어야 하고 아이들 옆에 누워서 잠도 좀 자야 한다. 그런데 에바는 잠이 오지 않을 것 같다. 에바는 잠든 이들 옆에 있어 줘야 했다. 큰아들 헤인츠에 대해 생각했다. 아들은 언제나 밤에 오곤 했다. 언제나 어머니와 형제, 자매들을 생각하는 좋은 아들이다. 어머니의 심장은 아들이 여전히 살아 있음을 느꼈다, 아들은 살아 있어야 한다. 아들이 리투아니아에서 음식 따위나 가져오기 때문은 아니다, 절대 아니다.

에바는 이제 해가 떠오르는 것을 느꼈다. 폭풍우도 잠잠해져서 아무 소리도 들리지 않았다. 작은 유리창 안으로 햇살이 들이치기 시작했다. 주변은 물속처럼 고요했다. 에바는 마치 거대한 폭포 아래 앉아 그 물속에 몸을 담그고 머리를 빗고 있는 인어 같아 보였다. 에바는 양초처럼 창백하고 이쑤시개처럼 삐쩍 말라 버린 손가락으로 루돌파스가 자주 입 맞추던 밝은 갈색 머리카락을 어루만졌다.

'그는 어디에 있는 걸까, 그는 어디에 있는 걸까, 그는 어디에 있는 걸까.'

여러 상념이 가슴을 짓눌렀다. 참을 수 없을 만큼 가슴이 저렸다. 미쳐 버릴 것 같았다. 정신이 나간 채 형체를 잃어버린 영혼처럼 소리 지르고 울면서 밖으로 뛰어나갈 것 같은 지경이다. 울고 싶지만 눈물이 남아 있기나 할까. 에바는 눈을 감고 고개를 숙였다. 정신을 모아야 한다. 지금 그녀가 할 일은 루돌파스의 아이들을 지키는 일이다. 이전에는 남편의 어깨를 마음껏 안을 수도 있었고 세상에 겁낼 것도 없었다. 그냥 서로 사랑을 하고 있을 때는 그랬다. 그런데 어머니가 된 지금은 그때와 마냥 같을 수는 없다. 지금은 어머니가 되어야 한다. 자기 연민 따위는 필요 없다. 에바는 편지와 사진들을 모아서 상자 안에 넣고는 옷장으로 만든 침대 아래 숨겼다.

루돌파스와 헤인츠, 아이들 그리고 자신의 안위를 위해서 기도하는 순간에는 에바는 아무런 걱정이 없어졌다. 그런데 아침의 적막을 깨고 무슨 소리가 들렸다. 누군가 오고 있다. 누군가 힘든 다리를 끌며 걸어오고 있다. 눈이 버스럭거린다, 커다란 눈덩이가 바스러진다. 아들이 오는가 보다. 뼈가 얼어붙는 것 같았다. 다시 귀를 열고 기다렸다. 무슨 소리가 나는지 기다렸다.

발소리가 가까워지고 있다.

누군가 땔감 창고 문 앞에서 발걸음을 멈췄다.

헬무트가 잠결에 숨을 내쉬었다.

누군가 문을 두드렸다, 아주 조용히 두드렸다. 에바가 잠자리에서 일어났다. 배고픔과 피곤함에 몸이 잠시 휘청거렸지만 문고리를 잡고 문을 열어 주었다.

헤인츠였다. 맏아들이라곤 하지만 여전히 작고 여리기만 한 아들이 안으로 들어왔다.

"헤인츠, 우리 아들, 네가 왔구나, 아이고, 주여. 네가 왔다니 이렇게 기쁠 수가. 너를 얼마나 기다렸는지 아니? 너 때문에 얼마나 걱정했는데, 네가 얼마나 보고 싶었는데."

"울지 마세요, 어머니. 저예요, 헤인츠예요. 저 없이 그동안 어떻게 살았어요?”

“몸이 얼었네. 춥지? 내가 금방 물 끓여다 줄게. 더 줄 게 없어. 뜨거운 물이 다야.”

“아녜요, 엄마. 엄마는 제대로 서 있을 힘도 없잖아요, 제가 알아서 할게요.”

헤인츠는 에바를 침대 옆에 앉혔다.

“리투아니아에서 먹을 것을 좀 가지고 왔어요. 여기 보세요, 이게 다 먹을 것들이에요.”

아들의 자신에 찬 말을 듣노라니 에바는 며칠 동안 참았던 눈물이 목을 짓누르다가 끝내 터져 버렸다. 헤인츠는 화들짝 놀랐다.

“엄마, 울지 마세요. 우리 이제 살았어요, 여기 봐요. 여기 빵이랑 돼지비계 그리고 양파도 있어요.”

아들은 리넨 가방에서 천과 종이로 잘 싸 둔 훈제 돼지비계, 빵, 양파, 치즈 조각, 반쯤 언 감자, 밀가루 봉투, 설탕 조각들을 꺼내 식탁 대신 쓰고 있는 나무 상자 위에 늘어놓았다.

에바는 눈물을 삼키고 주먹에 쥔 손수건 가장자리를 입술에 물고 헤인츠를 바라보았다. 아직 이렇게 어린아이인데.

“엄마, 얼굴이 왜 그렇게 진흙투성이에요?”

“그래야 할 일이 있었단다, 얘야.”

자고 있던 헬무트는 뭔가 냄새를 맡았다, 빵 냄새가 났다. 일어나서는 작은 주먹으로 눈을 부볐다. 그러더니 눈을 크게 뜨고 놀란 눈으로 이게 꿈인지 생시인지 몰라 하면서 형의 얼굴을 바라보았다.

여동생들도 일어났다. 여동생들은 침대에서 뛰어내려 와 난로 옆에서 아버지처럼 의젓하게 앉아 있는 오빠에게 달려가 끌어안았다.

로테 고모도 잠에서 깨어났다.

시끌벅적하지만 모두 행복에 겨워 있고, 헤인츠의 성공적인 귀향을 칭찬해 주었다. 로테 고모는 전날 개머리판으로 맞아 퉁퉁 부은 눈을 스카프로 가리고 꿀벌처럼 열심히 돌아다녔다. 웅웅거리며 타고 있는 난로에 눈을 가져와 녹였다. 귀한 옷장 가장자리도 아끼지 않고 불쏘시개로 쓰기 위해 잘랐다. 빵과 치즈를 맛본 아이들은 이제 진짜 밀가루로 만든 향기 좋은 팬케이크를 기다리고 있다.

헤인츠는 그동안의 일들을 이야기했다. 에바가 보기에 아들은 정말 끔찍하고 두려웠던 일들은 입에 담지 않고 있는 것처럼 보였다. 그가 어떤 학대를 당했는지, 밤마다 그리고 한겨울 타국의 숲에서 얼마나 춥고 배고팠는지는 전혀 말하지 않았다. 이 아이는 그런 이야기들은 절대 입에 담지 않았다. 가족들이 두려움에 빠질까 봐, 가족들에게 걱정을 끼칠까 봐 염려하는 것일 테다. 여기 남아 있는 사람들도 견디기 어려웠을 것을 너무 잘 이해하고 있을 테니까. 진흙을 처바른 엄마의 얼굴이나 심하게 맞은 로테 고모의 얼굴을 보더라도 여기 살고 있는 사람들의 삶 역시 쉽지 않았으리라 잘 이해할 수 있을 테니까.

"처음엔 러시아어로 사정했어요. 군인들이 서 있길래 러시아어로 빵이랑 소금을 좀 달라고 그랬는데 잘 알아듣지 못하는 거예요. 그 사람이 화가 난 사람처럼 째려보듯 쳐다보길래 시험 삼아 독일어로 사정을 했죠. 러시아 사람들이 아니었는지, 아니면 내가 독일어로 사정을 해서였는지는 잘 모르겠지만 바로 내쫓진 않았어요. 우리 독일인들을 조금은 알아주는 것 같았어요. 물론 일을 해야 했죠. 그 사람들도 풍족하진 않아요. 집도 작고 어둡고 심지어 바닥도 제대로 된 곳이 없는 집도 있었어요. 생각해 보세요, 집 안에서 닭들이 돌아다니고…. 그런데 그 사람들은 먹고 마실 것은 있었어요. 빵이랑 우유랑 돼지비계랑… 굶어 죽지는 않겠더라고요. 내가 가서 더 가져올 테니까, 우리 식구들도 먹을 건 풍족할 거예요."

헤인츠의 말에는 자기가 한 일에 대한 자랑스러움이 강하게 묻어났다. 에바는 아이들이 이렇게 훌륭하게 잘 자라고 있다는 것을 루돌파스가 알게 된다면 얼마나 좋을까, 속으로 속삭였다.

"나도 갈래, 나도 같이 갈 거야."

여자아이들이 말했다.

"나도."

헬무트도 지지 않고 말했다.

에바는 헬무트의 머리를 손바닥으로 쓰다듬으며 우울한 목소리로 말했다.

"네가 가긴 어딜 가. 엄마랑 같이 있어야지."

헬무트는 엄마의 얼굴을 결연하게 쳐다보더니 결심한 듯 말했다.

“좋아. 이번 한 번만 엄마랑 있어 줄게. 그런데 다음번엔 나도 같이 갈 거야. 이번엔 내가 엄마를 지켜 줄게. 그런데 다음엔 헤인츠 형이 엄마를 지켜 줄 거야.”

모두 웃음이 터졌다. 이야기를 마치길 기다렸다는 듯이 로테 고모가 구운 팬케이크에서 모락모락 김이 올랐다. 아이들은 오랜만에 배부르게 먹었다. 헬무트는 손가락을 쭉쭉 빨아 가며 맛있게 먹었다.

“천천히 먹으렴, 서두르지 말고. 오랜 시간 굶었다가 먹으면 배탈 나.”

로테가 말했다.

“아니에요.”

먹을 것을 잔뜩 문 입을 벌려 헬무트가 말했다.

“난 배가 고파서 배가 아팠는데.”

그러자 식구들이 웃었다.

헤인츠는 침대 위에 걸터앉아 거의 웃음을 잃어버린 어머니의 모습과 자기가 가져온 음식들을 보고 기뻐하는 동생들을 바라보고 있었다. 어머니의 눈길을 느낀 헤인츠는 미소 짓다가 부끄러운 듯 무안한 표정을 지었다. 잠이 쏟아지는지 졸기 시작했다. 에바는 다른 이들에게 손으로 조용히 하라 말한 뒤 헤인츠에게 이불을 덮어 주었다.

헤인츠는 눈을 감고 말했다.

"엄마, 노래 좀 불러 주세요."

"아들, 무슨 노래를 부르란 말이야?"

"노래 불러 주세요. 노래 불러 주세요."

레나테도 옆에서 거들었다.

에바는 어머니라면 세상 누구라도 알 만한 아름답고 슬픈 노래를 부르기 시작했다.

레나테는 땔감 창고 가운데 서서 손을 위로 뻗고는 엄마가 부르는 노래의 박자를 따라서 천천히 춤을 추었다. 자기가 직접 짠 백조의 춤이었다.

헤인츠의 눈이 완전히 감기고 잠이 들었다.

춥지만 평온한 아침이다. 어젯밤의 폭풍우는 흔적 하나 남기지 않고 사라져 버렸다.

아침의 정적 속에서 어머니가 부르는 노래가 고요히 떨리듯 흐르고 있다.

전쟁이 끝나기 전 몇 달 동안 일어났던 일은 사람들을 지치게 했다. 조각조각 파편처럼 떠오르는 기억이 모두 과거에 실제 있었던 일이었다는 걸 받아들이기는 아주 힘들었다. 그들이 기억하는 평화니 아늑하고 포근한 가정이니 배부르고 맛있는 음식이니 따뜻한 집들 따위의 모든 것들이 한순간도 존재하지 않은 것처럼 느껴질 뿐이었다. 모든 것들이 순식간에 무너져 내렸다. 특히 사람들 사이의 관계가 그랬다. 죽은 채 누워 있는 사람들 옆을 무관심하게 지나가게 될 것이라고 누가 상상이나 했을까. 죽은 이들은 그냥 차갑게 식어서 고통을 모르는 물건이 되어 버린 것이다. 무력감, 타협, 스스로를 파괴하고 싶은 충동 그리고 본능적 의지 같은 것들만 사람들을 사로잡고, 이런 무관심과 노예들이나 보일 만한 절망감 등이 사람들을 지배하게 되리라는 것을 누군들 믿을 수 있었을까. 에바는 확실히 보았다. 붉은 군대가 쳐들어왔을 때, 그들이 폭력을 휘두르고 약탈하고 사람들을 죽이기 시작했을 때 사람들은 네무나스강으로, 검붉게 휘몰아치는 강물 속으로 돌아오지 못할 길을 떠났다. 물속에 몸을 던졌다. 그것도 가족들과 함께. 그렇게 죽고자 길을 떠난 가족들의 마음에는 어떤 절망과 차가움이 몰아닥치고 있었을까. 어머니들은 아이들을 이끌고 그 길을 떠났다. 강물은 그들의 머리 위로 차올라 그들의 몸을 바다 쪽으로 밀어 버렸다. 절망의 강물이 살아남은 사람들의 마음에 흘렀다. 사람들의 생각은 온통 어떻게 해야 가족과 아이들 그리고 자신을 살릴 수 있을지로 꽉 차 있었다. 이웃과 친구 같은 다른 이들을 돌봐 주기는커녕 생각할 겨를도 없었다. 그냥 자신만 생각해야 했다.

에바는 브리기테 옆에 누워 동네 댄서이자 특이한 목소리의 가수였던 마르타를 결혼식에서 처음 봤을 때를 떠올렸다. 사람들은 에바를 베를린 아가씨라 불렀고 시골살이가 얼마나 힘든지 전혀 모르는 고운 손의 도시 깍쟁이를 보는 듯 이상하게 대했다. 사람들은 루돌파스가 돈까지 빌리면서 별것도 아닌 피아노를 자신의 부인에게 사 주는 게 이해하기 힘들었다. 하지만 마르타와는 통하는 게 많았다. 이 작은 도시에서는 배워야 할 것이 꽤 있었다. 에바는 살림 잘하는 어질고 정숙한 부인이 되고 싶었지만 매번 어떻게 처신해야 하는지 알 수 없는 날이 많았다. 루돌파스의 아버지는 언제나 파이프를 입에 물고는 눈을 반쯤 감고 아주 비꼬는 눈으로만 며느리를 바라보곤 했다. 하지만 좋게 이야기해서 방관자적 태도를 고집하고 있다고 말하는 게 나을까. 그런 게 한편으로는 위로가 되기는 했지만 자신의 등 뒤에서 사람들이 자기 이야기를 하고 흉을 보기도 한다는 것이 그리 기분 좋은 일은 아니었다. 루돌파스는 에바를 사랑했다. 에바를 위해서라면 무엇이든 할 수 있었고 어떤 잘못이든 용서해 줄 수 있었지만, 다른 이들이 그녀에 대해 게으르다느니 행실이 올바르지 않다느니 하는 뒷담화를 하는 것에 몹시 신경이 쓰였다. 에바도 그런 루돌파스를 이해했다. 에바는 밤마다 울곤 했다. 루돌파스는 에바를 위로해 주었고 그럴 때마다 둘의 사랑은 더 깊어만 갔다. 루돌파스는 아내를 언제나 지지해 주었고 지켜 주었으며 또 가르쳐 주었다. 귀찮아하지도 강요하는 법도 없었다. 하지만 사람들 사이에 있으면서도 언제나 무인도에서 사는 것처럼 지낼 수밖에 없다는 것이 마음에 걸렸다. 바로 그때 에바의 삶 속으로 마르타가 들어온 것이다. 마르타는 에바를 시내에서 열리는 여성들의 사교 모임에 초대해서 다른 여성들도 소개해 주고 어떻게 하면 농촌 여성들의 일을 수월하게 할 수 있는지, 이웃 사람들을 만날 때와 시내에 사는 사람들을 만날 때 어떻게 다르게 처신하는지 등을 가르쳐 주었다. 마르타 덕분에 에바는 마치 어린 식물이 뿌리를 내리듯 사회적 삶에 적응하며 상처를 치유할 수 있었다. 마르타를 언니처럼 여기며 친해졌다.

하지만 머지않아 시작된 전쟁은 두 여인의 사랑하는 남편을 데려가 버리고 말았다. 에바와 마르타는 다른 독일 여성들과 똑같이 전장에서 전선을 위해, 전투를 위해, 승리를 위해, 국가를 위해 그리고 히틀러를 위해 일해야 했다. 마르타는 그러는 동안에도 웃으면서 곧 모든 것이 끝날 것이며 이겨 내고 살아남을 것이라고 줄곧 힘을 북돋아 주었다. 에바가 의지가 꺾여 절망해 있을라치면, 자신의 식구들과 루돌파스에 대한 걱정에 휩싸여 있을라치면 그때마다 에바가 정박할 유일한 기쁨의 항구는 마르타와 그의 웃음소리였다. 에바는 이런저런 생각으로 마음이 무거웠다.

'마르타가 나를 얼마나 도와줬는데, 마르타는 지금 빵 한 쪽 먹을 것이 없을 텐데 내가 누워 있다니. 어제 보았던 감자 껍질, 만약 그것들을 모두 가져올 수 있었다면. 그 술 취한 공격자들의 손아귀에서 도망 나올 때 흘리지 않고 손으로 움켜쥐고 어떻게든 전부 다 지켰어야 했는데. 정말로 하나도 빠짐없이 전부 집에 다 가지고 왔어야 했는데. 난 여기 누워서 내 자신과 내 아이들 생각만 하고 있는데. 마르타는 자기가 정말 힘든 순간에도 우리를 도와줬는데.'

러시아 군인들이 와서는 모두를 집에서 몰아내고 가축들도 다 가져가 버렸다. 소라도 남겨 뒀으면 아이들에게 우유라도 짜서 줄 텐데, 모든 걸 가져가고 내쫓고 약탈했다. 그래도 마르타는 다행스럽게도 농장 옆 건물에서 아이들과 살게 되면서 염소를 한 마리도 아니고 두 마리나 키울 수 있었다. 그렇게 짠 염소젖은 에바의 아이들과도 나누어 먹었다.

에바가 일어났다.

"어디 좀 가 봐야겠어요."

마르타에게 가야 한다.

"나 가야 해."

에바가 말했다. 무관심이 이렇게 세상을 지배하는 걸 두고 볼 수만은 없다. 자기 자신이 냉담해지게 놔둘 수는 없다.

"어딜 간다는 거예요?"

로테가 물었다.

"어디에 가려고 그래요. 에바, 좀 쉬어요."

"마르타한테 가야 해요. 마르타 아이들한테 뭐라도 먹을 걸 좀 가져다줘야지요."

"에바, 우리 아이들도 먹을 게 없잖아요."

"군인들이 쫓아왔을 때 날 보호해 줬어요. 마르타한테 가야 해요."

"나도 엄마랑 같이 갈래."

레나테가 말했다.

"헤인츠 깨우지 마."

"나도 갈 거예요. 엄마 제 말 들려요? 저도 가서 도울게요."

모니카가 말했다.

"너희들은 집에 있거라, 남동생들 챙겨야지. 뜨거운 물 좀 끓여라. 난 고모랑 다녀올게."

"엄마, 저도 같이 갈래요."

브리기테가 말했다.

"나가는 사람들 모두 얼굴 숯검댕으로 발라야 한다."

로테가 말했다.

아침 무렵 잠잠해졌던 바람이 다시 힘을 얻어 불기 시작하며 바닥에 눈먼지를 흩날리고 얼어붙은 전장의 뻘 위에 작은 회오리를 만들었다. 불안한 기색의 회색 하늘엔 세 마리 검은 새들이 자신들만 아는 목적지를 찾아 퍼덕거리며 날고 있었다.

바람에 맞서 웅크린 세 명의 어두운 실루엣이 발걸음을 재촉하며 움직였다. 네모난 돌조각이 박힌 곧게 뻗은 길을 따라 몇백 미터를 가서 왼쪽으로 돌아 이전에 목화 창고가 있던 곳을 지나면 얼마 안 가서 마르타의 집이다.

하늘 위의 새, 길 위의 여인 그리고 바람이 없다면 이 세상엔 생명이 있는 것은 전혀 없어 보였다. 어제의 총성과 고성, 아코디언 소리와 겨울의 무력함을 깨뜨리는 이상하고 이해할 수 없는 대소동이 끝나고 모든 이들은 피곤하여 쉬고 있는 듯했다. 갈 길을 떠난 여인들에게는 바람이 싸늘한 것이 얼마나 다행인지 모른다. 얼음처럼 차가운 바람이 휘몰아쳐 만나고 싶지 않은 이들을 모두 집 안으로 몰아넣었기 때문이다.

멀리서 자동차들의 엔진 소리가 들렸다. 여자들은 본능적으로 더 몸을 웅크렸다. 겨울날 큰길을 서성이는 전혀 쓰잘데기없는 늙은 여인네로 보이기 위해서였다.

엔진 소리가 가까이 다가왔다. 바닥을 기는 딱정벌레 같은 트럭이었다. 다행스럽게도 멈추지 않고 앞으로 계속 직진해 갔다. 세 여인은 추위에 몸이 얼어붙어 산 것도 죽은 것도 아닌 사람들이 트럭 화물칸에 실려 어딘가로 끌려가는 것을 보았다. 그들은 아마 어딘가 일터로 보내지는 것일 테다. 많은 사람이 웅덩이나 참호를 파고 전쟁에서 남겨진 것들과 전쟁의 흉터를 모으는 일을 했다. 그 사람들은 아마 시내 밖으로 실려 갔을 것이다.

여자들은 이제 사거리로 접어들었다. 여기서 왼쪽으로 꺾으면 멀지 않아 옛날 면화 공장이 있던 자리가 나오고 조금만 더 가면 성당, 그 옆엔 시장 광장 그리고 포플러 나무가 듬성듬성 있는 길을 지나면 마르타의 집이 나온다. 사실 마르타의 집은 지금은 쓰지 않는 농장의 부속 건물이다.

에바와 브리기테와 로테는 가만히 다가가 굴뚝에서 연기가 나오는 것을 지켜보았다. 그걸 보니 조금 안심이 되었다. 상황이 나쁘지만은 않다는 이야기니까.

로테가 문을 두드리고 문고리를 흔들었다.

"우리야."

에바가 말했다.

"우리 왔어."

문이 열렸다. 눈물이 가득한 그레테가 손님들을 맞이했다. 열두 살 먹은 마르타의 딸이자 브리기테의 친구이다. 얼굴이 부어 있었다. 누구한테 맞았다는 말이다.

지난밤 나쁜 손님들이 왔다 간 모양이다. 여자들은 차가운 바람이 더 들어오지 않도록 서둘러 문지방을 넘었다.

몇 발짝 앞 벽난로 옆 나무 침대 위에 갖가지 이불에 덮인 마르타가 누워 있었다. 옆에는 아이들이 웅크리고 앉아 있었다. 헤인츠보다 어린 알베르트와 꼬마 오토였다.

브리기테가 그레테를 안았다. 에바가 말했다.

"언니, 선물 가져왔어요. 헤인츠가 리투아니아에서 돌아왔거든요. 감자랑 돼지비계랑 빵 좀 가져왔어요."

누워 있는 마르타는 움직임이 없었다. 순간 죽은 것처럼 보였다. 그러나 그레테는 선물을 받아서 서둘러 엄마 옆으로 가서 말했다.

"에바 이모 왔어요. 먹을 것을 가져왔어요, 엄마."

마르타의 손이 조금 올라가는가 싶더니 다시 힘없이 툭 떨어졌다. 마르타 입술에서 들릴락 말락 하게 소리가 들렸다.

"우리 아이들을… 우리 아이들 좀 부탁해…."

그레테는 울면서 아이들 옆으로 가서 음식을 나눠 주고 엄마 것도 한쪽에 따로 떼어 놓았다. 아이들은 서둘러 줄을 서서는 돼지비계며 빵이며 날감자까지 받아 들었다.

"내일 먹을 건 남겨 둬야 해."

그레테가 조용히 말했다.

손님들은 더 가까이 다가갔다.

"아, 마르타 언니. 어쩌면 좋아요, 하느님."

에바는 감정에 북받쳤다. 마르타가 고개를 돌렸다. 항상 당당한 표정과 빛나도록 밝은 갈색 머리카락이 아름다웠는데 지금은 얼굴이 끔찍하게 변했다. 얼마나 맞았는지 온통 부어서 얼굴을 알아볼 수도 없었다.

"엄마, 빵 좀 드셔 보세요."

눈물을 흘리며 그레테가 말했다.

"군인들한테 잡혔군요?"

에바가 물었다.

"아니야, 안 잡혔어. 나중에… 집에… 온 거야. 아이들을… 안 건드린 게… 너무 다행이다…. 나를 지키겠다고… 그레테가 너무 맞았어."

"밤새 맞았어요, 아침까지."

그레테가 말했다.

"난 애들이 보지 못하게 가죽으로 다 덮었어요. 애들이 못 보게 이불로 누르고 있었지만 소리가 다 들리는 걸 어떡해요. 전부 울었어요…. 엄마, 빵 좀 드셔 보세요."

"안 돼…."

마르타가 숨을 몰아쉬며 말했다. 이가 다 나갔다고 겨우겨우 말을 내뱉었다.

"엄마, 제가 물을 가지고 와서 빵을 좀 부드럽게 만들어 드릴게요, 오트밀을 해 드릴게요. 엄마, 좀 드셔야 해요."

"좀 먹어요, 언니. 헤인츠가 리투아니아에서 돌아왔어요. 거긴 나쁜 사람들만 있진 않나 봐요. 조만간 다시 간대요. 혹시 언니 애들 중에서도 같이 갈 애들 있으면 보낼래요?"

"제가 헤인츠 형이랑 리투아니아에 갈래요. 꼭 갈 거예요. 헤인츠 형에게 꼭 전해 주세요."

알베르트가 말했다.

"그레테는 여기서 엄마랑 있으면서 도와줘야 하니까요. 동생들도 그렇고…."

"마르타 언니, 거봐요. 다 잘될 거예요. 애들이 리투아니아에 가서 음식을 좀 가져오면 살 수 있어요. 언니도 몸을 좀 추스를 수 있을 거예요. 그러려면 잘 먹어야 해요. 안 그러면 안 돼요."

"고마워, 에바. 애들이나 먹으라고 줘. 나는 아무것도 먹고 싶지 않아. 아마 많이 먹었나 봐…. 살려 달라고 어찌나 애원을 했는지."

"언니, 주님께 기도해요. 애들도 생각하셔야죠."

"나는… 이제 틀렸어. 난 안 돼…. 더는 살고 싶지도 않아."

"뭐라고 하는 거야. 살아야지, 꼭 살아야지."

로테가 말했다.

"그런 날이 반드시 올 거예요. 서로 웃고 떠들고 밖은 꽃들이 만발하고, 이 끔찍한 시간이 지나면 우린 다시 웃게 될 거예요. 언니 웃음소리 말이에요. 언니의 멋진 웃음소리가 쩌렁쩌렁 울려서 강 건너편에서도 들릴 거예요."

에바가 울면서 말했다. 하지만 그도 자신의 말을 믿지 못했다. 그냥 무심히 피가 꾸덕꾸덕하게 굳어서 검게 변한 입으로 끔찍하도록 거친 숨을 쉬는 마르타의 얼굴을 바라볼 뿐이었다. 그것은 입이라고 할 수도 없었다. 입술이 없어진 얼굴에 있는 틈새 같았고, 그냥 벌어진 상처처럼 보이기도 했다.

"아니야, 에바. 내 웃음소리는… 그놈들이 죽였어."

이른 겨울 아침이다. 화물열차가 철도 제방 위에 서 있고 그 옆에는 화물칸 몇 량이 서 있다. 이제 곧 화물칸을 이어 붙인 다음 기관차를 돌려세우고 달릴 것이다. 그 길에는 파시스트 짐승들의 소굴이라 불리는 독일의 동프로이센이 있다. 네무나스강을 건너면 반대편인 리투아니아 그리고 소련의 광활한 땅이 펼쳐진다. 각종 장비, 기계 시설, 숯, 골동품 가구, 전쟁에서 획득한 온갖 전리품들이 가득 들어찬 기차는 육중하게 움직이며 연기를 뿜을 것이다. 동물을 운반하는 기차보다 못 한 이 기차는 죽음의 공포가 지나가고 수백 명의 희생을 아랑곳하지 않는 전쟁이 지나 살아남기를 바라며 피폐해진 전쟁 군인들을 실어 나를 것이다.

주여, 제발 그들이 집단 수용소에 가지 않기를, 사랑하는 사람들을 살아서 만나기를, 불타지 않고 무사한 집에 돌아갈 수 있기를 간곡히 기도하나이다.

도시가 있는 길목의 산 위에서 작은 형체 두 개가 내려왔다. 눈 더미 위로 뛰어내린 그들은 기차 옆에 아무것도 없는지 살폈다. 웃고 있는 군인들과 철도원이 보였다. 두 명의 여자들이 가방을 부여잡고 리투아니아까지만이라도 태워 달라고 애

원하고 있었다. 시간이 지나 사내아이들(그 작은 형체는 헤인츠와 마르타의 아들 알베르트다)은 눈 더미에서 일어났다. 그 중 한 명이 불탄 소형 전차 잔해 아래에서 무언가를 잡아당기더니 도와 달라며 다른 아이를 향해 손을 흔들었다. 알베르트도 합세해서 얼어서 딱딱해진 방수포 조각을 찢으려고 노력했다. 그러다가 아이들은 움직임을 멈추고 잠시 기다렸다. 철로에서 담배를 피우고 있는 군인들이 계속 그 자리에 있을 것만 같았다. 헤인츠가 "지금이야"라고 말하자 아이들은 방수포 조각을 들고 서둘러 기차 옆으로 내려갔다.

아이들은 기차 칸 하나하나에 다가가 조심히 살폈다. 그러다가 기차 칸 뒤에 숨었다. 철도원이 무슨 물건으로 기차를 툭툭 치며 확인한 뒤 기차 옆으로 지나갔다.

아이들은 철도원이 멀리 가기를 잠시 기다렸다가 숯이 실린 기차 칸으로 재빨리 움직였다.

아이들은 가방에서 납작한 철근이나 철 조각들을 꺼내서 조용히 숯을 파냈다. 하지만 그런 것으로 파내는 것이 쉽지 않았다. 여기저기 숯들이 커다란 조각으로 얼어붙어 있기 때문이었다. 그래도 알베르트는 굴하지 않고 헤인츠가 그만 됐다 말할 만큼 숯을 파내어 방수포 위에 깔고 반으로 접었다.

"엎드려."

헤인츠가 알베르트의 귀에 조용히 속삭였다.

"안으로 들어가."

알베르트는 방수포 위에 올라 반대쪽으로 굴러가 몸을 덮었다.

"불편하지 않게 제대로 잘 자리 잡아 봐."

헤인츠가 알베르트에게 말했다, 방수포 한쪽을 먼저 숯으로 덮고 그러고 나서 나머지 부분을 덮었다.

"알베르트, 지금 방수포 들어 봐. 들어…."

"알았어, 형. 들고 있어."

그 속삭이는 소리가 마치 지하에서 나는 듯했다. 알베트르가 방수포의 끄트머리를 들었다. 헤인츠가 그를 도와 열린 틈을 통해 숯이 채워진 방수포 밑으로 기어들어 갔다.

"더럽게도 딱딱하네."

알베르트가 말했다.

"어찌 되었건 기차가 출발하기만 하면 돼. 조금만 가서 기차에서 내리는 거야. 그런데 아주 추울 거야."

아이들은 서로를 끌어안았다. 호흡이 모아져 조금은 따뜻해졌다. 누군가 웃는가 싶더니 소리도 들렸다. 그러다가 사방이 조용해지는가 싶더니 갑자기 사람들이 한꺼번에 웅성거리는 소리도 들리는 것 같았다. 그러다가 다시 또 조용해졌다.

마침내 기차가 움직였다.

기차 바퀴가 빨리 돌아가기 시작했다.

"우리 마침내 리투아니아에 가는 거네."

알베르트가 말했다.

"거기 가면 정말 모든 게 다 있어?"

"가면 알게 될 거야. 너무 꼬치꼬치 물어보지 마. 이제 눈 좀 붙이자. 쉽지는 않겠지만."

아이들을 리투아니아로 데리고 가는 기차는 연기를 내뿜으며 겨울 들판을 달리고 언덕을 넘고 강을 가르고 터널 속으로 뛰어들었다.

피곤해진 레나테는 커다란 자동차 바퀴 위에 앉아 숨을 거칠게 쉬며 놀고 있는 아이들을 보고 있었다. 그 아이와 모니카, 헬무트가 눈에 들어왔다. 아이들은 공을 던지고 그 아이가 몸짓 발짓으로 알아들을 수 없는 말을 써 가며 아이들에게 처음 보는 놀이를 가르쳐 주고 있었다. 그 아이는 이미 몇 주 전부터 이곳에 살았다. 멀리 러시아에서 온 그 아이의 가족은 예전에는 목사 관저였던 곳에 살림을 꾸렸다. 집은 컸지만 전쟁이 끝날 무렵 폭탄을 맞아 집의 반이 날아갔고 목사도 죽었다. 그의 식구는 대부분의 사람들이 멀리 독일로 피신할 때쯤 형언할 수 없는 고통에 휩싸여 그곳을 떠났다. 그들은 붉은 군대의 발걸음을 피할 수 있을 것이라 생각했다. 그런데 그 난민들은 다 어디에 있을까? 레나테는 그 일은 더 이상 신경 쓰지 않았다. 그저 별로 달갑지 않은 자리에서 동생들과 만나게 된 러시아 꼬마만 바라보고 있었다. 그 녀석은 처음엔 화가 난 아이처럼 보였다. 헬무트에게 달려들어 눈 속에 던지고 얼어붙은 땅 위에 얼굴을 짓눌렀다. 그 녀석이 헬무트 목을 조르고 있다고 누군가 소리쳤다. 레나테는 동생을 구하려고 뛰어들었으나 며칠 동안 먹지 못한 아이들은 힘이 없었다. 다행히 브리기테가 가까이 있었다. 브리기테가 러시아 녀석에게 다가가 이게 무슨 일이냐고 물었다. 헬무트는 입술이 찢어졌지만 이 녀석이 옆에서 갑자기 공격해 왔다고 말했다. 너무 순식간에 벌어진 일이라 러시아 놈을 혼내 줄 수도 없었다고 했다. 레나테가 보기에 헬무트는 자기가 실패자라고 느끼는 것 같았다. 주먹다짐에서 지는 아이들은 보통 그런 생각을 하기 마련이다. 그래서 이런 사단이 났다. 저 아이가 독일어를 전혀 못 하고 독일 아이들은 러시아 말을 못 하니 사태를 파악할 수가 없었다. 시작은 이랬지만 시간이 지나니 아이들은 더 친해져 같이 놀기 시작했다. 심지어 그 애 엄마가 아이들에게 빵을 주기도 했다. 그 아이의 어머니는 어딘가 슬퍼 보이지만 얼굴이 아주 예뻤다.

"마이네 파파 카풋*."

그 아이가 말했다. 그 여자는 아이를 보리스라고 불렀다. 아이들도 그 애를 똑같이 부르기 시작했다.

레나테는 앉아서 아이들과 눈과 저물어 가는 날을 보고 있었다. 저녁 시간이 거대한 달팽이처럼 스멀스멀 다가왔다. 집에 있는 헤인츠가 가지고 온 빵 생각을 하니 그 빵에 버터를 발라 먹고 싶었다. 버터가 무슨 맛인지 기억이 안 났다. 있는 힘을 다해 생각을 짜내 보니 따뜻한 느낌이 들기도 하고 할아버지가 날카로운 칼로 피리를 깎아 만들던 때의 느낌도 났다. 아, 집에 빵 말고 버터도 있다면 얼마나 좋을까. 빵을 크게 잘

* Meine Papa kaputt(독일어) 우리 아빠는 많이 다쳤어.

라 먹었으면 좋겠다. 하지만 크지 않더라도 어쩌랴. 평상시 먹던 것의 반이라도 괜찮다.

'하느님, 이제 빵과 버터를 함께 먹을 수 있는 날이 다시 오기는 할까요.'

아이들은 공을 눈 속에 던져 버리고 상처투성이인 채 빈 집 마당에 내버려진 동물 시체 같은 트럭으로 우루루 달려갔다. 바퀴도 없었고 문 한 짝도 떨어져 나갔다. 고장 난 트럭, 폭격에 맞아 조각난 탱크, 어디서 나왔는지 알 수 없는 철근 같은 부서지고 버려진 기계들이 천지다. 아이들은 그 트럭을 타고 어디론가 떠나는 상상을 하며 놀았다. 차가 움직이면 누군가 아이들에게 총을 쏘기 시작하고 그러면 아이들은 손에 총 대신 나뭇가지를 쥐고 트럭 아래 구멍에 숨어들었다. 그러고 나서 보리스는 트럭 안에 들어가 앉아 운전대를 이리저리 돌리고 직접 운전하는 것처럼 붕 소리도 냈다. 이 차는 아마 전쟁 중에 여기저기를 돌아다니면서 나치들을 죽이고 깊은 웅덩이도 아랑곳하지 않고 가파른 길도 올라갔을 것이다.

모니카는 반 정도 부서진 건물에 들어가 한동안 모습이 보이지 않았다. 그러더니 웃음을 띤 얼굴로 뛰어나와 말했다.

"레나테 언니, 이거 봐. 내가 뭘 찾았게."

레나테는 무너진 건물의 대들보를 지나 동생 쪽으로 갔다. 동생은 이미 한가운데 서 있었다. 집은 지붕이 없었고 건물 벽도 날아갔다. 하지만 장롱이랑 목재들은 그대로 있었다. 마침 땔감이 필요했는데 정말 잘됐다 싶었다. 레나테는 나무를 좀 모아서 얼른 집에 가야겠다고 생각했다. 그럼 헤인츠 오빠가 가져온 것으로 로테 고모가 무언가 요리를 할 수 있을 것이다. 아니면 엄마가 부대 식당에서 뭔가 또 가져왔을지도 모른다. 집에 일찍 들어갈 수는 없다. 만약 집에 있다면 감자랑 빵이랑 돼지비계 같은 음식의 유혹을 이기지 못할 것이다. 애들이 얼마나 졸랐는지 로테 고모는 도무지 견디지 못하고 아이들을 땔감이나 모아 오라고 밖으로 내몰았다. 저녁 먹을 때까지는 들어오지 말라고 했다. 지금 이 시간이면 저녁인가 아닌가, 레나테는 생각했다. 해는 오늘 거짓말을 하나 보다. 벌써 저녁이 올 시간이 됐는데.

"여기 봐, 언니."

모니카가 옷장 문을 열었다. 그 문짝 밑으로는 고철과 무기들이 가득했다. 모니카가 총 하나를 들자 뭔가 불꽃이 튀더니 갑자기 귀가 막힐 만큼 총소리가 빵 하고 울렸다. 총은 땅으로 떨어지고 놀라서 얼굴이 백지장이 된 아이는 손을 떨며 숨을 제대로 쉬지 못했다. 손을 사시나무처럼 떨며 언니에게 말했다.

"이거 진짜 총이잖아. 맞아, 진짜야. 총소리 때문에 아직도 귀가 울려."

총소리를 들은 아이들이 무슨 일인가 하고 몰려들었다.

"총 누가 쏜 거야?"

"모니카."

"모니카?"

"와서 봐."

모니카가 옷장 문을 들추자 그 안을 본 보리스의 눈에서 짓궂은 눈빛이 반짝하고 빛났다. 보리스는 총을 들어 목에 걸었다. 워낙 무거운 물건이라 아이가 절을 하듯 고개를 숙였다. 아이는 나무로 만든 벽에 총을 겨누고 방아쇠를 당겼다. 진흙 파편들이 우루루 쏟아지고 참을 수 없이 큰 소리에 아이들은 귀를 막고 쭈그려 앉았다.

보리스가 웃었다. 자기가 한 일을 자랑스러워했다. 총도 그렇지만 쏘는 재미가 좋아 보였다. 아이들은 손이 떨릴 만큼 무서운데 즐겁게 웃는 보리스를 이해할 수 없었다. 보리스는 다시 한번 총을 쏘았다. 주변이 조용해지자 레나테가 얼른 총을 내려놓고 그만 쏘라고 소리를 질렀다. 겁도 나고 귀도 아프다고 나무랐지만 보리스는 무슨 말을 하는지 알아듣지 못했다. 알아듣는다 하더라도 그냥 독일 계집애가 하는 소리라고 관심도 기울이지 않을 것이다.

레나테와 모니카는 서둘러 밖으로 나왔다. 공이 여전히 눈 위에 놓여 있었다. 모니카가 공을 차면서 총을 보여 주는 게 아니었다고 말했다. 남자아이들은 여전히 안에 있었다. 총소리는 더 이상 들리지 않았다. 레나테가 소리 질렀다.

"헬무트, 얼른 집에 가자. 나무나 챙겨서 얼른 집에 가."

"곧 갈게."

헬무트가 대답했다. 헬무트는 총이랑 또 다른 뭔가를 들고 이내 나타났다. 보리스가 "수류탄, 폭탄, 폭탄." 하고 말했다.

"헬무트, 얼른 다시 갖다 두지 못해."

모니카가 단호하게 말했다.

"나한테 이래라저래라 하지 마."

"엄마한테 다 이를 거야. 그럼 너 아주 혼날 거야."

레나테가 말했다.

"조용히 해, 이 바보야."

헬무트가 말했다.

보리스는 총을 전부 한곳에 쏟아 놓고 그중 하나를 들어 여자아이에게 겨루더니 "헨데 호흐 헨데 호흐" 하면서 소리를 지르기 시작했다.

"그 총 얼른 내려놔."

모니카가 심각한 목소리로 말했지만 보리스는 모니카가 무슨 말을 하는지 알 수 없었다. 남자아이는 바퀴가 없는 트럭으로 몸을 틀어 방아쇠를 당겼다. 총이 그 애의 손에서 떨리고 총알이 끔찍한 휘파람 소리를 내며 앞으로 나아갔다. 보리스는 정확히 트럭 유리를 조준하고 총알이 다 떨어질 때까지 총을 쏘아 댔다. 그제야 총을 내려놓았다. 아이들은 모두 귀가 먹먹하고 공포에 질렸다. 보리스만이 희열을 찾은 듯 행복하고 만족스러운 표정을 짓고 있었다.

헬무트는 친구에게 지지 않으려고 입으로는 웃고 있었지만 마음속으로는 두려움에 휩싸여 있었을 것이다. 보리스가 더 이상 총을 안 쏘았으면 좋겠지만 계집애처럼 겁이 많다는 이야기도 듣고 싶지 않았다. 트럭이 휑한 눈동자 같은 깨진 앞 유리로 아이들을 쳐다보고 있었다.

보리스는 더 이상 총을 쏘지 않고 불을 피우려고 했다. 보리스가 옷장을 가져오자 헬무트가 돕겠다며 오래된 벽에서 떨어져 나온 조각과 매트리스 조각들을 가지고 와 한데 모았다. 보리스가 성냥불로 불을 붙였다. 불꽃이 환하게 일어났다. 이제 모든 것을 뒤덮는 저녁 시간, 여자아이들은 손을 녹였다. 보리스는 주먹을 내밀어 겁을 준 후 여자아이들을 꽤 멀리까지 끌고 가 참호에 누우라고 말했다. 폭탄 하나를 가지고 와 모닥불 안에 던졌다. 그러더니 여자애들 옆으로 재빨리 달려갔다. 헬무트는 무슨 일인지 잘 이해가 안 됐다. 레나테는 헬무트에게 얼른 자기에게 뛰어오라고 외쳤다.

"헬무트, 얼른 뛰어와."

모니카도 역시 소리를 질렀다.

그래도 헬무트는 고개를 갸우뚱하면서 가만히 서서 지켜보고만 있었다. 겁쟁이로 보이고 싶지도 않고 누나들의 말만 듣고 숨는 것도 바보 같은 짓처럼 보였다. 우스워 보이는 표정을 지으면서 주위를 바라보았다.

"이 바보야, 얼른 뛰어오라고."

모니카가 외쳤다.

"나 바보 아니야."

헬무트가 대답했다.

"봄바, 봄바*."

* Бомба Бомба(러시아어) 폭탄, 폭탄이다.

보리스가 외쳤다.

"곧 터질 거야. 곧 터질 거야."

헬무트는 긴가민가하면서 아이들이 있는 곳으로 발걸음을 옮겼다. 그런데 그냥 천천히 기어가다시피 했다. 그냥 발을 들어서 하나씩 옮기는 식이었다. 여자아이들은 머저리 같은 동생을 화난 눈으로 쳐다보기만 했다.

마침내 헬무트도 돌무더기 뒤에 쭈그려 앉았다. 그들은 모두 모닥불에서 20~30미터 거리를 두고 앉아 있었다.

모두 기다렸다.

시간이 흘렀다.

아무것도 터지지 않았다.

가끔씩 보리스가 고개를 들어 쳐다봤다. 모닥불은 잘 타고 있는데 아무 일도 벌어지지 않았다. 시간이 천천히 흐르고 눈으로 덮인 바닥에 누워 있으려니 추웠다.

"안 터지는 거 아니야?"

모니카가 말했다.

"누가 저거 폭탄이라고 그랬어?"

헬무트가 말했다.

"저 러시아 놈이 폭탄인지 철 조각인지 어떻게 알아."

보리스가 참지 못하고 돌을 들어 모닥불 쪽으로 던졌지만 멀리 날아갔다. 맞히기가 쉽지 않았다. 돌은 그저 1미터쯤 지나서 떨어질 뿐이었다. 이제는 헤인츠가 벽돌 조각을 던졌다. 아까보단 모닥불에 가깝게 떨어졌다.

시간은 계속 지루하게 흘러갔다. 저녁 어스름이 점점 더 짙어졌다. 보리스는 숨어 있던 곳에서 일어나 긴 막대기를 가지고 조심스럽게 가까이 다가갔다. 모닥불은 여전히 불꽃이 일고 있고 그 주둥이 안에 폭탄도 보였다. 아니면 그냥 철 조각일지도 모른다. 보리스는 절대로 터지지 않을 이 악마의 물건을 만져 보려고 긴 막대기를 조심조심 앞으로 쭉 뻗어 보았다.

천둥소리와도 같은 폭발 소리에 귀가 멀 것 같았다. 레나테는 잠시 기절했다가 깨어난 것 같았다. 연기가 멀리 퍼지고 머릿속에서 벌이 시끄럽게 날아다녔다. 귀가 다시 돌아왔는지 헬무트가 말하는 소리가 들렸다. "어떡해" 소리를 지르며 뛰어다녔다.

"바보야, 조용히 해."

모니카가 소리를 질렀다.

"입 닥치라고."

레나테가 주저앉았다. 머리가 이렇게 아픈 적이 없었다.

아이들이 모닥불 쪽으로 가 보니 불꽃도 보리스도 보이지 않았다. 바람에 날린 재처럼 흔적도 없이 사라져 버렸다. 땅 위에는 아무도 없었다. 눈 위에는 예쁜 웅덩이가 얕게 패여 있을 뿐이었다. 멀리 눈길을 돌렸다. 피 같기도 하고 스웨터 같기도 한데 스웨터가 맞는 것 같았다.

"저기 봐."

모니카가 말했다.

눈 위에 숯검댕이와 흙이 뒤섞인 거무튀튀한 이상한 형체가 보였다. 죽어 버린 못난 짐승의 작은 다리 같은 것이 툭 튀어나와 있었다.

'저거 보리스의 손이구나.'

레나테는 금세 알아차렸다. 아이들은 다가가 손을 살폈다. 아이들은 몸속에서 뻗어 나온 듯한 침묵에 사로잡혔다. 목소리와 냄새가 그 안에 잠겼다. 잘린 남자아이의 손바닥은 정말 살아 있는 사람의 손 같아 더 끔찍했다. 혹시 누군가 일부러 만들어 놓은 것은 아닐까.

아이들은 시간이 지나도 어찌할 바를 모르고 눈만 끔적이고 있을 때 레나테는 무엇을 해야 할지 생각이 떠올랐다. 레나테는 고개를 숙여 손바닥을 집어 들더니 아무 말도 없이 폐가에서 밖으로 나갔다. 모니카와 헬무트가 그의 뒤를 따랐다. 레나테는 집으로 가지 않고 무거운 발걸음으로 뛰다시피 서두르다가 눈 위에서 넘어지기도 미끄러지기도 하면서 다른 아이들이 원치 않는 곳으로 발걸음을 옮겼다. 아이들은 내키지 않았지만 무엇에 홀린 듯 레나테의 뒤를 따랐다.

집 한쪽이 공중폭격을 맞은 목사의 관저가 보리스의 집이다. 현관에는 불이 켜져 있었다. 목사 관저는 낡았지만 전기가 들어왔다. 레나테가 빛이 비치는 끄트머리에 서자 그 뒤로 모니카와 헬무트가 따라 섰다. 아이들은 마치 파리처럼 전등을 따라 돌고 있는 눈송이들을 잠시 바라보았다. 바람이 거세지자 굵고 뚱뚱한 전선에 매달린 램프가 흔들렸다. 집 안에서는 가끔 전축에서 울리는 선율과 누군가 재미있는 농담을 하는 듯 웃고 떠드는 소리가 들려왔다. 아마 보드카와 비싼 와인도 마시고 있나 보다.

집 밖에는 바람이 더 거세졌다.

레나테는 앞으로 나아가 죽은 보리스의 손을 불빛이 비치는 현관, 정확히 전등 밑에 놓아 두었다. 잠시 기다리다가 다시 어둠 속으로 들어섰다.

레나테를 따라 두 동생이 바삐 움직였다.

발걸음을 옮기는 아이들은 말이 없었다. 모두 조금 전에 일어났던 일을 떠올리며 생각에 잠겼다. 보리스에 대한 생각이었다.

그 물건을 터뜨렸다고, 총을 쏘고 왔다고 엄마한테 어떻게 설명을 해야 할까. 땔감 대신 우울한 소식만 가지고 돌아갔다.

레나테는 마치 이상한 꿈을 꾸는 것 같았다. 땅 밑에서 체스를 두는 모자 쓴 토끼를 만난 여자아이가 그랬듯 이상한 나라로 빠져든 것 같았다. 오래된 목사 관저에서 땔감 창고까지는 꽤 가야 한다. 밤은 이미 아이들을 따라잡아 무엇이 자동차 잔해가 박혀 있는 나무인지, 무엇이 살아 있는 사람인지 구분하기가 어려웠다. 그래도 아이들은 발걸음을 재촉했다. 자기들이 사는 동네라 지리가 훤했다. 전쟁에 긁히고 숯처럼 불에 탄 집들도 땔감을 찾아서 매일 돌아다녔던 집이었다. 저런 형편없는 집에서는 누군가와 마주칠 일도 없다.

마침내 땔감 창고 근처에서 아이들은 발걸음을 멈추었다. 엄마한테 어떻게 이야기할지 말을 맞춰야 했다. 조금 전에 일어난 사고가 너무 끔찍하긴 했지만 엄마한테 거짓말하는 것도 안 될 일이다.

아이들이 집으로 들어가니 눈이 휘둥그레졌다. 집 안에 사람들로 가득 찼다. 나무 침대 위에는 근처에 사는 마르타가 누워 있었다. 하늘을 보고 누워서 땔감 창고 천장을 바라보고 있었다.

"난 틀렸어, 난 틀렸어."

퉁퉁 부은 입술로 마르타가 중얼거렸다. 얼굴은 눈이 안 보일 정도로 퉁퉁 부었다.

"마침 잘 왔구나."

로테가 목소리를 낮춰 아이들을 맞았다.

"우리 집에 손님이 왔어. 같이 살 거니까 춥지 않게 꼭 껴안아 주자꾸나."

마음씨 좋은 로테 고모가 농담으로 분위기를 바꾸려 했다. 평상시에는 무섭고 근엄하기만 한데 어려움에 처해 있는 사람들은 마치 자기 일인 양 돌본다. 지금 힘들지 않은 사람은 없다.

"마르타 이모네 식구들이 집에서 쫓겨났어."

브리기테가 말했다.

"세상에 그게 말이 되니? 트랙터를 몰고 와서 전부 부수어 버렸대. 술을 먹고 실수로 했는지는 누가 알겠냐만 사람이 죽지 않은 게 천만다행이지 뭐니."

"군인들이 우리를 쫓아와서 나오라고 소리를 질렀어."

그레테가 말했다.

"엄마가 너희 집에 가야겠다고 그랬어. 우리 엄마는 지금 걸음도 제대로 못 걸어. 나랑 오토랑 썰매에 태워서 끌고 온 거야."

마르타가 눈을 뜨고 몸을 이상하게 비틀었다.

"아파서 저러시는 거야. 계속 아파하셔."

그레테가 눈물을 흘리며 말했다.

"엄마, 엄마, 조금만 참아요. 엄마, 내가 대신 아플게요."

지렁이처럼 몸을 비틀며 아파하는 엄마 옆에 마르타의 어린 아들 오토가 앉아 있었다.

"난 틀렸어, 난 틀렸어…."

마르타가 손을 흔들었다.

"인간이 어떻게 그럴 수 있어. 어떻게 사람들을 길거리로 몰아…."

에바가 속삭였다.

"그 사람들이 못 하는 게 어딨어."

에바가 잔에 뜨거운 물을 부어 왔다. 라즈베리 줄기를 넣고 끓인 거라 라즈베리 향기가 났다.

"아무리 좁아도 어떻게든 될 거예요. 좁으면 좀 어때요. 한번 해 보자구요. 애들이야 뭐… 일단 살고 봐야지요."

에바가 말했다. 그러고는 뜨거운 잔을 쥐고 마르타의 입에 가져다 댔다.

"얼른 차 좀 마셔 봐요. 그냥 뜨거운 물이긴 하지만 몸을 좀 녹일 수 있을 거예요. 에유, 우리 언니 불쌍해서 어떡해…

눈 좀 붙여요."

오토는 누워 있는 엄마를 말없이 보고만 있었다. 마치 다른 세상에 있는 거 같았다.

로테 고모가 헤인츠가 갖고 온 거랑 말린 감자 껍질로 죽인지 수프인지 모를 음식을 준비해서 가지고 왔다. 모두 자기 그릇을 들이밀었다. 로테 고모는 기쁜 마음으로 식구들과 마르타의 아이들에게 음식을 퍼 주었다.

레나테는 맛있게 먹는 오토를 보며 생각했다.

'헤인츠 오빠가 우리 먹으라고 가져온 음식을 그레테랑 저 욕심꾸러기 녀석이 다 먹어 버리면 어쩌지.'

그날 밤 레나테는 꿈을 꾸었다. 오래된 목사 관저 현관에서 있었다. 밝은 전기 등불이 땅으로 떨어지고 눈송이들이 맴을 돌며 내려앉았다가 다시 하늘로 올랐다. 온통 웃음과 음악이 가득했다. 예쁘고 하얀 보리스의 손이 옷장 위에 놓여 있었다. 그러고 나서 꽃이 되었다가 사라졌다가 이내 참기 힘든 텁텁한 냄새가 퍼졌다. 눈도 녹아 버리게 할 정도로 역한 냄새였다. 하지만 그다음엔 어디서도 먹을 것을 찾지 못해 몸이 비쩍 마르고 굶주린 개가 나타나더니 보리스의 손을 물고 어둠 속으로 사라졌다.

바람이 죽어 버린 벌레 몸뚱이 같은 눈송이를 날려 보내고 있었다.

아이들이 숲 가장자리를 바삐 걷고 있다. 사방은 이따금 까마귀 소리만 웅장하게 들릴 뿐 조용하기만 하다. 헤인츠가 앞서고 알베르트가 뒤처지지 않으려고 안간힘을 쓰며 따라갔다. 어제 숯을 나르는 기차 칸에서 힘든 밤을 지내고 나니 리투아니아에 도착해 있었다. 그렇지만 기대했던 것과는 딴판이었다. 헤인츠가 기차에서 내린 곳은 완전히 낯선 곳이었다. 계속 앞으로 가는 것이 잘하는 것인지 아닌지 판단이 서지 않았다. 기차 안에 방수포를 놔둔 것이 아까웠다. 언젠가 쓸 일이 있을지도 모르는데 말이다. 어쨌든 기차가 서자 춥고 딱딱했던 잠자리에서 일어나 밖으로 나갔다. 기차 직원인지 감독관인지 하는 사람이 아이들을 알아봤다. 그는 손을 흔들며 무언가 알아듣지 못할 말로 소리를 질렀다. 아이들은 젖먹던 힘을 다해 뛰었다. 열심히 뛰어 보지만 다리가 말을 듣지 않았다. 얼어서 나무가 된 듯한 다리는 자칫하면 조각조각 부서질 것 같았다. 그렇지만 공포와 함께 무슨 일이 있어도 살아남아야 한다는 것이 아이들을 나아가게 했다. 아이들은 더 이상 따라오는 사람이 아무도 없다는 것을 깨닫고는 그 자리에 서서 수풀 옆 눈 바닥에 풀썩 주저앉아 숨을 골랐다. 숨소리와 심장이 뛰는 소리 말고는 아무것도 들리지 않았다.

"우리 리투아니아에 있는 거야?"

알베르트가 물었다. 물론 아이들은 리투아니아에 있다. 하지만 여기가 어디인지, 어디로 가야 하는지 전혀 알지 못했다.

"저기 해가 비치고 있잖아. 저쪽으로 가자."

둘은 입을 모았다.

얼마나 갔을까. 큰길로 들어섰지만 마을도 집도 없었다. 그저 숲만 있다. 숲이 끝나자 아이들은 더 성큼성큼 걸어갔다. 작고 검은 벌레들이 끝이 없는 흰 들판에서 움직이고 있는 것 같았다.

마침내 날이 저물자 아이들은 두려움에 휩싸였다. 이러다가 눈 속에서 자야 하는 거 아닌가 걱정도 들었다. 정신을 차려 보니 어떤 농장 앞에 서 있었다. 집과 농장 건물이 어두움 속에 들어앉아 있었다. 밭도 잘 정리된 걸로 보아 누가 사는 모양이었다. 가까이 다가가는 아이들에게 개가 거칠게 짖는 소리가 들렸다. 이 집을 지키는 짐승이 이를 드러내고 쇠사슬 갈리는 소리를 내면서 위협적인 태도로 아이들을 맞았다. 길에서 만난 이 집은 아무래도 음침하기만 할 뿐 아무것도 좋을 게 없어 보였다. 어쩌면 강도들이 살던 주막인지도 모른다. 하지만 어쩔 수 없다. 헤인츠가 문을 두들겼다. 한참 동안 아무런 소리도 들리지 않고 문을 열어 주는 사람도 없었다. 그러자 헤인츠는 더 크게 탕탕탕 문을 두들겼다.

한 남자의 화난 목소리가 들렸다. 아무래도 웬 거렁뱅이가 이 밤에 찾아왔는지 말하는 것 같았다. 헤인츠가 주워들은 리투아니아 단어를 몇 개 섞어 가며 독일어로 길을 잃고 추워서 그러니 안에서 몸을 좀 녹일 수 있게 해 달라고 사정했다. 마침내 문이 빼꼼하고 열렸다. 문틈으로 키는 아담하지만 어깨가 넓은 검은 눈의 사내가 서 있는 게 보였다. 그런데 왠지 슬퍼 보였다. 그의 눈은 등불에서 나오는 빛으로 반짝였다. 남자는 등불을 들어 아이들의 얼굴을 비춰 보고 잠시 말이 없다가 자기 집엔 머물 곳이 없다고 말했다. 헤인츠는 애원하기 시작했다. 헤인츠는 어떻게든 애원을 해서 그 집에서 하룻밤을 꼭 보내고 싶었다. 여자의 목소리가 작게 들리는 듯싶더니 한 여자가 무슨 일인지 보려고 밖으로 나왔다. 남자가 바로 코앞에서 문을 꽝 하고 닫아 버렸다. 이 집을 포기하고 숲에서 잘 수밖에 없는 상황이다. 불을 피우면 겨울밤이지만 춥지 않게 잘 잘 수 있을지 모른다. 눈을 떴을 때 여기 살고 있는 사람보다 더 마음 따뜻한 사람이 맞아 주길 바라는 수밖에 없었다.

그런데 예상한 것과는 달리 문이 활짝 열리면서 여자의 목소리가 안으로 들어오라고 말했다. 안은 좀 답답했지만 따뜻했다. 그 여자는 다른 사람이 깰까 봐 주의하는 듯 숨죽인 목소리로 무언가 이야기를 했다. 아이들은 여자의 마음이 혹시라도 상할까 봐 알지도 못하면서 알아듣는 척 고개를 끄덕였다. 집 안에는 잘 자리가 마땅치 않아서 부엌에 있는 긴 의자에 잠자리를 마련해 주겠다고 했다. 아이들이 이불을 가지고 다닐 리는 없을 테니 양가죽과 오래된 코트를 덮으라고 주었다. 춥고 피곤해진 아이들은 몸이 따뜻해지자 바로 잠이 들었다. 헤인츠는 잠결에 누군가 웃는 소리와 말썽꾸러기들이 속삭이는 소리가 들리는가 싶더니 바로 꿈으로 빠져들었다. 헤인츠는 넓고 황량한 들판에 서서 할아버지를 기다리고 있었다. 할아버지는 커다란 말의 다리를 달고 있었다. 땅을 파는 할아버지는 파이프를 입에 물고 있었다. '이제 다 굶어 죽는다. 이제 다 굶어 죽어.' 할아버지는 반인반마의 모습으로 뭔가를 말하는 것도 같았고, 말처럼 히잉거리는 것도 같았다. 헤인츠는 뭔가 물어보고 싶었으나 켄타우로스는 뒤로 발걸음을 돌리고 멀리 사라졌다. 헤인츠는 얼른 쫓아가고 싶었으나 다리가 나무처럼 무거워서 말을 듣지 않았다. 할아버지는 이 메아리치는 무채색의 텅 빈 공간에 자기를 혼자 남겨 두고 갈 것만 같았다.

헤인츠는 다음 날 아침 일찍 잠에서 깼다. 눈을 뜨고 주변을 살피니 주인아주머니가 아궁이에 불을 때고 있었다. 불꽃은 땅으로 꺼질 듯 부엌에 걸려 있는 무거운 냄비를 밝게 비추고 있었다. 회반죽이 칠해진 깨끗한 벽에는 불꽃이 만드는 그림자가 춤을 추고 있었다. 헤인츠는 일어나려 했지만 주인 여자는 다른 사람을 깨울까 봐 걱정이 되는지 미소를 지으며 가만히 무슨 말을 했다. 더 자라는 말인 것 같았다. 헤인츠는 상당히 좁은 긴 의자 위에서 떨어지지 않으려고 조심하며 번데기에 들어선 애벌레처럼 양가죽으로 몸을 꽁꽁 에워싸고 주인 여자가 살림하는 모습을 쳐다보았다. 그렇게 평온할 수가 없었다. 눈이 조금씩 감기고 아궁이에서 탁탁 타오르는 온기에 헤인츠는 다시 잠이 들고 말았다.

아이들이 쾌활하게 줄지어 걸어간다. 찬 공기 때문에 하얀 입김이 났다. 하얀 눈으로 뒤덮인 전나무들은 조는 것처럼 보였다. 거기는 전쟁도 죽음도 없는 것 같았다. 길은 너무 미끄럽지도 않고 좋았다. 해가 중천에 떠올랐을 때쯤 깨 보니 주위에 아무도 없었다.

헤인츠는 힘들게 자리에서 일어났다. 반쯤 열린 문틈으로 웃음소리가 새어 나왔다. 몸짓으로 무언가 말하고 있는 알베르트를 본 그 집 아이들이 웃음이 터진 것이다. 집은 정말 아담했지만 식구들이 살기엔 충분했다. 자리에 없는 집주인을 빼고 아주머니 말고 아이가 여덟 명이나 더 있었다. 더 있을지도 모르는 일이지만 헤인츠가 세어 보니 여자아이가 다섯 명, 남자아이가 세 명이었다. 모두 어린 꼬마들이었다. 여자아이들은 웃으며 알베르트에게 무어라 말을 걸었다. 한 아이가 팔로 날갯짓하는 것을 흉내 내는 것으로 보아 닭이나 거위에 대해서 이야기하는 것 같았다.

헤인츠는 여기서도 제대로 씻지 못할 것 같은 생각이 들어 밖으로 나가 눈을 집어서 얼굴을 씻었다. 어젯밤 헤인츠에게 성나서 짖어 대던 개는 헤인츠를 보고 머리를 흔들었다. 놀란 모양이다. 집주인이 모습을 드러냈다. 어제처럼 침울한 표정은 아니다. 집시처럼 생긴 아저씨는 웃으며 몸짓 발짓으로 눈으로 세수를 하다니 대단하다는 말을 했다. 남자는 얼굴을 부르르 흔들며 그럴 필요가 없다는 듯이 손을 내저었다. 아니면 감기 들 수 있으니 조심하라는 말을 잘못 알아들었을 수도 있다.

헤인츠가 안으로 들어가자 식구들이 반갑게 맞으며 식탁에 앉게 했다. 찐 감자가 냄비 한가득 산처럼 쌓여 있고 모두 아침 먹기를 기다리고 있었다. 주인 여자는 식탁 위에 김이 모락모락 나는 감자가 담긴 큰 그릇과 수프를 가져다 놓았다. 헤인츠는 어제 문을 열어 준 검은 눈동자가 하는 것을 지켜보다가 그대로 따라 했다. 사람들은 주인아줌마가 갈아서 가져온 훈제 돼지비계를 감자 위에 뿌렸다. 이루 말할 수 없이 맛있었지만 게걸스럽게 먹는 독일 남자애들을 보고 웃음을 참지 못하는 이 집 여자애들이 계속 신경 쓰였다. 감자는 충분히 있지만 아이들은 계속 배가 고팠다. 알베르트는 창피한 줄도 모르고 고개를 쟁반에 파묻고 허겁지겁 먹었다. 귀가 이상하게 움직이고 얼굴이 붉어지도록 밥을 먹는 남자아이들을 보고 계집애들은 손바닥으로 입을 가리고 웃음을 참지 못했다. 엄마의 꾸중과 아버지가 보내는 따가운 눈총에도 여자아이들은 아랑곳하지 않고 자기들끼리 무어라 떠들기만 했다.

그래, 이런 날은 숲을 걸어가기에 참 좋다. 감동적인 식사에 잠도 푹 잤으니.

안타깝게도 그 집 식구들은 아이들에게 더는 줄 것이 없었다. 더 머물 수 없는 것도 당연하다. 그 많은 식구들이 먹을 수 있는 거라곤 감자가 전부였다. 그러고 보니 훈제 돼지비계도 있긴 했다. 주인 여자는 아이들에게 길에서 먹으라고 감자를 싸 주었다. 집을 떠나서 처음으로 얻은 음식이었다. 시작치고는 나쁘지 않다.

길이 꺾어지고 계곡을 따라 내려갔다. 아이들은 잠깐 가방을 정리하고 다시 길을 갔다. 주인집에서 어디에 가면 마을과 도시가 있는지 물어보았지만 길을 가리키며 손을 몇 번 저으면서 뭔가 말했다. 앞으로 계속 쭉쭉 가란 이야기였던 것이 뻔하다. 아이들은 그 말을 따라 앞으로 나갔지만 숲은 더 울창해지기만 할 뿐 끝이 보이지 않았다. 헤인츠는 걱정이 되기 시작했다. 얼마나 더 가야 할까, 이 숲에 끝이 있기는 한 걸까? 여기가 독일은 맞을까? 리투아니아일까? 아니면 또 다른 나라일까? 어찌 되었든 이곳의 숲은 정말 끝이 보이지 않았다.

저 멀리 어딘가, 아니면 등 뒤에서 울리는 듯 모터 소리가 웅웅 하고 들렸다. 그 소리는 점점 더 가까워졌다. 누군가 이쪽으로 차를 몰고 왔다. 숲에서 모은 나무를 나르는 차이거나 아니면 군인일지도 모른다.

"얼른 숨어."

헤인츠가 속삭이며 숲속으로 몸을 숨겼다. 알베르트도 형의 뒤를 따랐다. 눈 위에 누워서 전나무 가지 틈으로 길을 쳐다봤다. 트럭 세 대가 차례차례 꼬리를 물고 다가왔다. 확실하지는 않지만 군용차인 것이 확실해 보였다.

"혹시 우리를 좀 태워다 주지 않을까?"

알베르트가 말했다.

"군인들이? 아냐, 말도 안 돼. 저 사람들이랑은 될 수 있으면 길에서 안 마주치는 게 좋아. 우리더러 어디 가냐고, 숲에서 뭐 하냐고 물어보면 뭐라고 대답할 건데? 게다가 우린 독일어를 쓰잖아. 마주치지 않는 게 좋아."

모터 울리는 소리가 멀어지고 아이들은 다시 일어나 길을 나섰다.

아이들은 숲을 따라 한참을 걸었다. 알베르트는 배가 고팠지만 참고 아무런 불평을 하지 않았다.

"뭔가 이상하지 않니?"

헤인츠가 멈춰 서서 물었지만 알베르트는 가만히 헤인츠만 바라볼 뿐 아무런 대답이 없다. 뭔가에 귀를 기울이고 듣고 있는지도 모른다.

"누군가 숲에서부터 우리를 지켜보는 것 같아."

알베르트는 등에서 소름이 돋는 것이 느껴졌다. 숲에서 누가 쳐다보는 걸까.

"늑대인가."

알베르트가 말했다.

숲에 커다란 개의 그림자가 나타났다 사라지는 듯했다.

"정말이네."

헤인츠는 그 동물을 바라봤다.

"아니야, 개 아니야. 겁내지 마. 놀랄 거 하나도 없어."

아이들은 발걸음에 힘을 실었다. 숲에서 나가는 길이 분명 있을 것이다.

"여기 늑대가 왜 있겠어? 겁낼 것 없어. 정말로 겁낼 것 없어."

헤인츠가 말했다.

마침내 아이들 앞에 큰 신작로가 펼쳐졌다. 길은 두 개로 나뉘고 왼편 오리나무 숲 뒤편으로는 집이 한 채 보였다. 마침내 집을 찾았다.

"저기 봐, 우리 저리로 가자. 늑대 아니라고 그랬지, 사람이잖아."

헤인츠가 말했다.

그렇지만 기대는 오래가지 못했다. 가까이 가서 보니 그 집은 버려진 채 황량한 모습으로 서 있었다. 집 벽 한쪽은 부서져 있고 뚫린 지붕으로 별도 보였다. 이전엔 방이었던 것 같은데 지금은 산딸기 덤불로 뒤덮였다.

뭔가 불길해 보이는 것이 아무리 봐도 이상했다.

이미 무너진 방 한가운데는 눈이 치워져 있고 작은 모닥불도 피워져 있다. 그 위에는 냄비가 걸려 있었다. 냄비에는 송아지인지 사슴인지 모르는 동물의 다리가 발굽도 잘리지 않은 채 끓고 있었다.

"저기 봐. 저거 뭐야?"

알베르트가 발굽이 끓고 있는 냄비를 가리키며 말했다. 알베르트의 목소리는 떨리고 두 아이는 두려움에 휩싸였다. 모닥불 곁에 서서 주변에 아무도 없는지 살폈다.

"저기요, 여기 누구 있어요?"

헤인츠가 겨우겨우 들릴 만한 자신 없는 소리로 어렵게 용기를 내어 말했다.

"소리 내지 마, 형. 뭐 하러 사람을 찾아?"

알베르트가 말렸다.

아직 모닥불이 꺼지지 않았다.

숲에 사는 악마가 지펴 놓은 것은 아닐까.

순간 등 뒤에서 누군가 보고 있다는 것을 깨닫고 가슴이 철렁 내려앉았다. 아이들은 주변을 둘러보고 뒷걸음쳤다. 음절을 구분할 수 없는, 인간이 내는 것 같지 않은 그 소리는 전나무 가지에서 눈이 쏟아져 내릴 만큼 높고 쥐어짜는 듯 들렸다. 알베르트의 얼굴 바로 앞에서 칼날이 번득거렸다. 알베르트는 순간 본능적으로 공격을 피해 아이의 팔을 잡았다. 분명 아이의 팔이다. 알베르트는 날카로운 칼날에 다치지 않으려고 여린 존재와 싸웠다. 알베르트가 칼을 쥔 팔을 강하게 눌렀지만 상대방은 연신 발로 차고 소리를 질렀다. 하지만 헤인츠가 뒤에서 아이를 공격해 땅으로 넘어뜨리니 더는 어쩌지 못했다. 그래도 여전히 아이는 알베르트의 손목을 물었고, 알베르트는 다른 팔로 아이의 얼굴을 갈겼다. 칼을 쥐고 있는 아이의 손을 누르고 무기를 빼앗았다.

헤인츠는 그 공격자를 땅에 누르고 지켜보고 있었다. 남자 아이이다. 헤인츠는 누군지 모르지만 우리는 그 아이를 알고 있다. 네무나스강을 건널 때 러시아 군인들이 총을 쏘았던 그 헨젤이다.

헨젤의 눈은 저항의 의지가 가득하고 거칠게 숨을 쉬며 계속 풀어 달라고 발버둥 쳤다.

"미친 앤가 봐."

알베르트가 말했다. 헤인츠가 헨젤을 풀어 주자 그 아이는 수풀 속으로 뛰어들더니 울창한 숲으로 사라졌다.

"쟤가 내 팔 물었어! 야생에서 자랐나 봐. 미친 놈이건 년이건."

헤인츠는 그저 웃기만 했다.

"너 늑대 무서워했잖아."

여기 늑대가 왔나 보다. 송아지는 다 먹고 발굽만 남겨 놨다. 그런데 칼은 쓸 만했다.

그 칼은 대체 어디에서 구한 걸까. 칼만 있으면 세상에 두려울 게 없겠다.

아이들은 먼 곳으로 다시 길을 나섰다. 그래도 눈으로는 여기저기 둘러보며 자기들을 공격한 야생의 늑대가 어디에서 다시 나타날까 봐 계속 살펴보았다.

알베르트는 물린 상처가 쓰라렸다.

아침, 눈이 성글어진다. 세상이 이상하도록 조용하다. 소리가 전혀 들리지 않는다. 레나테는 고개를 들고 서서 하늘을 바라보았다. 구름이 흘러가는 것이 보인다. 그 윤곽선이 점점 하나가 된다. 화가가 여러 가지 색깔의 파스텔을 한데 부어 버린 것 같았다. 가장 많이 사용한 색깔은 회색이다. 그렇게 서서 보고 있으면 균형을 잃기가 쉽다. 어디가 땅인지 하늘인지 구분하기 어렵다. 특히, 배고픈 아이들은 머리가 어지러워 더 힘들다. 레나테의 몸이 기우뚱 움직였다. 마구간의 벽을 짚고 간신히 서 있었다. 눈에는 작은 점들이 반짝이며 지나갔다. 마치 금빛으로 빛나는 벌레들 같다.

레나테는 아직도 보리스의 모습이 떠올라 걔의 엄마가 살고 있는 마을에는 얼씬도 하기 싫었다. 마치 자기가 무슨 잘못이라도 한 것처럼 이상하게도 뭔가가 자꾸 마음에 걸렸다. 어떤 두려운 힘이 그 러시아 꼬마를 손바닥에 얹고 훅 불어 버리기라도 한 것처럼 아무것도 남지 않았다. 동물의 것이라고 해도 믿을 만한 사람의 피가 흥건한 손만 남아 있었다. 레나테는 보리스의 엄마가 자기 아들을 찾는 모습을 떠올렸다. 슬픔에 휩싸여 불행에 젖은 얼굴이 칠흑같이 붉어진 채로 아들을 찾고 있을까? 보리스가 어디로 사라졌는지, 외동아들이 어디에 갔는지 물으러도 오지 않는 걸 보니 찾지 않는 것인지도 모른다. 그 가엾은 여인은 아들과 같이 뛰어놀던 아이들이 어디에 사는지도 알지 못했다. 그 손이 보리스의 손인지는 레나테도 확신이 들지 않았다. 하지만 꿈은 거짓말을 하지 않는다. 꿈에서 그 손을 개가 물고 갔다. 머리가 아프면, 평범한 일상이 꿈과 차이가 없다고 느껴진다. 자리에서 일어나 있어도 꿈에서 깬 건지 아닌지 구분이 안 된다. 그래서 잠에서 다시 깨고 싶다. 누군가 피아노를 치고 있고 할아버지가 파이프 담배를 피운다. 할아버지가 담배를 피울 때 나는 냄새가 레나테는 지독히도 싫었다. 그런데도 할아버지가 돌아와 볕 드는 곳에 앉아 웃어 주었으면 싶었다.

천국의 바람이 날라다 주는 듯 시간이 게으른 몸짓으로 거무튀튀한 겨울 구름을 밀어내면서 아주 천천히 흐르고 있다. 레나테는 리투아니아로 떠난 헤인츠 오빠가 떠올랐다. 어서 훈제 비계랑 감자랑 밀가루를 가지고 왔으면 좋겠다. 특히 밀가루가 있으면 더 좋다. 그러면 로테 고모가 햇살 같은 색깔의 노란 팬케이크를 구워 줄 것이다. 레나테는 기대해 봐야 소용없다는 것을 잘 안다. 오빠가 먹을 것을 가지고 돌아올 거라고 기대해 봐야 쓸모가 없다. 그럴 리 없다. 정말로 그럴 리 없다. 오늘도 내일도 오빠는 오지 않을 것이다. 여전히 오랫동안 추위에 떨며 굶주려야 할 것이다. 허황한 꿈을 꾸면서 자신을 속일 수는 없다. 그러면 실망은 더 커진다.

'오빠한테 가서 닿을 수만 있다면, 닿을 수만 있다면. 오빠가 눈보라 속에서 길을 잃지 않기를, 몸과 마음을 맡길 만한 따뜻한 집을 찾아 살다가 식구들을—엄마도, 레나테도 우리 전부를, 모든 사람을—잊는 일은 없기를. 그런데 그 집이 위험에 닥쳐 꼼짝할 수 없도록 살을 뒤룩뒤룩 찌운 후 헨젤을 잡아먹으려 했던 마녀가 만든 덫에 걸릴 수도 있지 않을까.'

레나테는 지금 오빠가 있는 곳에 가고 싶었다. 얼른 가서 마녀의 사악한 계략을 알리고 목숨을 구하라고 하고 싶었다.

레나테는 천천히 발길을 옮겼다. 밤새 눈이 쌓인 언덕을 건너갔다. 손으로 참피나무 줄기를 만져 본 후 다시 고개를 들어 위를 쳐다보았다. 솟아난 싹들이 보였다. 줄기 아래 부분에 있는 싹들은 이미 사람들이 다 따 먹었다. 아이들은 예전부터 손이 닿을 수 있는 가지는 전부 따다가 맛있는 싹을 새끼 쥐처럼 훑어 먹곤 했다. 레나테는 나무 둘레를 한 바퀴 돌아보았다. 껑충 뛰어서 가지를 잡아 보려고 했다. 손을 뻗어 잡으려고도 하고 나무를 기어오르려고도 했다. 하나라도 딸 수 있으면 좋으련만.

하다가 안 되면 다른 싹에 손을 뻗었다. 가지가 너무 높게 올라가 있어 힘들었다. 장갑을 벗고 다시 해 보지만 이번에도 소용이 없다. 땅에서 꽤 높이 솟은 가지에 손이 닿지만 머리가 위쪽에 있는 참피나무 가지에 부딪혔다. 다시 한번 힘을 주어 툭 치자 작은 나뭇가지가 떨어졌다.

정말 맛있다. 얼어붙은 새싹이 입에서 녹아 없어진다. 그런데 너무 적다. 레나테는 가지에 자란 싹을 모두 깨끗하게 먹어 치웠다. 그리고 나무껍질도 씹기 시작했다.

이게 전부다.

그러다 갑자기 입에서 뭔가 흔들리더니 짭조름한 피 맛이 느껴졌다. 혀에 손을 대 봤다. 이가 흔들려서 거의 빠질 지경이다. 두 손가락으로 쥐고 앞뒤로 흔들자 빠졌다. 이게 유치라서 금방 빠지나 보다, 레나테는 생각했다. 만약 다시 자라지 않으면 할머니나 엄마 친구 마르타 아줌마처럼 이빨이 빠진 채 살아야 하는데, 마르타 아줌마는 할머니도 아니고 그냥 이빨이 저절로 빠진 것도 아니긴 하지만.

레나테는 이를 뽑을 때마다 울곤 하던 헬무트가 기억나 킥킥 웃음이 새어 나왔다. 레나테는 울고 싶지 않았다. 손바닥에 놓인 이빨을 마치 보석처럼 바라보고 있지만 그래도 레나테는 울지 않을 것이다. 이건 보석은 아닐지 몰라도 베개 밑에 넣어 두고 자면 다음 날 생쥐가 돈을 가져다줄지도 모른다. 그런데 왠지 이번에는 돈을 안 가져다줄 것 같다.

축사에 있는 소가 무거운 걸음으로 주저앉았다. 이빨 생각을 하고 있는데 소가 주저앉다니 좀 신기하다. 아니다. 소들은 이미 예전에 사람들이 싣고 사라졌는데 소가 여전히 있을 리 없다. 모두 압수해 가 버린 것이다. 이건 레나테 가족이 살았던 집에 사는 러시아 사람들이 키우는 소다. 분명 다른 집에서 '압수한' 소를 어디선가 끌고 왔을 것이다. 오랫동안 풀을 못 먹으면 중간중간 울음소리를 낼 법도 한데 하루 종일 아무 소리를 내지 않고 있다니 신기했다. 건초도 전부 다 압수해 가 버려 지푸라기 몇 개만 겨우 남아 있을 뿐이다. 그런 상황에서는 소들도 허기져서 울기 마련이다. 사람들도 가끔은 소들처럼 소리를 내어 울기도 한다. 그러나 아무리 울어도 먹을 것을 가져다줄 사람들이 없다는 것도 잘 안다.

레나테는 축사의 구석 뒤에 자리를 잡고 머리를 빼꼼 내밀었다. 그리고 자기 집이었던 곳에 살고 있는 러시아 사람들이 축사 문을 잘 잠가 놓았는지 보았다. 자물쇠도 열쇠도 모두 큼지막했다. 어떤 여자가 열쇠를 목에 걸고는 땅에 떨어져 있는 도기 냄비를 주워서 눈에 가려 거의 보이지 않는 좁은 길을 따라 마당을 가로질러 갔다. 저기에 담겨 있는 것이 우유일까. 마지막으로 따뜻하고 달콤하고 신선한 우유를 마셔 본 게 언제였을까. 그것도 꿈속의 이야기였을까.

"카츠 카츠 카츠 카츠 카츠 카츠."

여자의 날카로운 목소리가 들렸다. 카츠 카츠 카츠 카츠. 여자가 고양이를 불렀다. 어차피 요즘엔 고양이들도 고작 고깃덩어리에 불과해서 얼마 못 가 금방 사람들에게 잡힐 테니까 멀리 나가게 하면 안 된다.

레나테는 마당을 지나갔다. 오랫동안 지나다녀 익숙한 곳인데도 처음 본 듯 낯설었다. 그 집이 그곳에 살던 주인들을 배신했기 때문인 건가.

"카츠 카츠 카츠."

그 여자가 여전히 상냥한 목소리로 귀여운 동물을 부르고 있다.

레나테가 앞으로 나가 그 자리에 섰다. 누굴 기다리기라도 하는 것처럼 멈춰 서서 지켜보았다.

'저 여자한테 가서 이 그릇에 우유를 좀 부어 달라고 하고 싶은데 어떻게 말하지? 고양이처럼 야옹이라고 해 봐야 하나?'

마침내 고양이가 나타났다. 털이 북실북실한 예쁜 고양이가 게으른 하품을 하며 가까이 다가왔다. 그 여자는 자그마한 그릇을 우유로 채워 반려동물 코밑에 내려놓았다. 고양이는 인상을 찌푸리고 혀로 털을 고르고 주위를 둘러보았다. 우유는 먹을 마음이 없는지 보지도 않던 고양이가 아니나 다를까 마침내 혀를 내밀고 맛을 본다.

여자는 몸을 돌려 가려던 순간 우유를 핥아 먹고 있는 고양이를 부러운 눈으로 바라보고 있는 레나테를 보았다.

"뭘 보는 거야?"

잠시 말이 없던 여자가 말했다.

"저리 가, 얼른 집으로 가."

레나테는 어깨 위에 여우 가죽을 얹고 집에 있는 온갖 것들로 차려입고 나온 낯선 여자를 쳐다보고 있다. 숱이 별로 없고 구불구불한 머리카락엔 여전히 헤어 롤이 박혀 있었다. 진주빛 나는 단추 같아 보이는 투명하고 파란 눈동자는 생기가 없어 보였다.

"여기 우리 집이에요."

레나테가 조용히 말했다. 여자는 말없이 쳐다만 보았다.

"여기 우리 집이라고요. 우리 식구들이 여기 살았어요."

여자는 고양이랑 그릇이랑 도기 냄비를 챙겨서 안으로 들어가 버렸다.

레나테는 그 자리에 망연하게 서 있었다. 시간이 거기서 멈춰 버린 것 같았다. 마치 추위에 얼어붙어 할어버지, 할머니, 엄마, 아빠, 형제, 자매와 친구들이 다니던 마당에서 조각이 되어 버린 듯했다. 그 자리에 서 있기만 할 뿐 누군가를 기다리고 있는 것은 아니다. 어디로 가야 할지도 모른다. 마음속에는 누군가 사라져 버린 것 같은 아쉬움만 가득 들어차 있다. 영영 돌아오지 못할 곳으로 말이다. 어쩌면 차가운 물이 넘실대는 깊은 우물 속을 채우고 있는 공허함의 냄새를 맡았을지도 모른다. 레나테의 영혼에서 공허한 메아리가 울린다.

'맞아, 우물 속에 들어간 기분이 바로 이런 것일 거야.'

레나테의 텅 빈 영혼이 메이라쳤다.

'그래, 우물에 빠진 기분이 이런 거야.'

마침내 문이 열리더니 러시아 여자가 현관 계단에 모습을 드러내고 독일어로 말했다.

"우리 잘못이 아니야."

그러고는 신문에 둘둘 말린 빵 조각과 병을 건네주었다. 보아하니 보드카 병인 것 같다. 그 병에는 보드카가 아닌 우유가 들어 있다.

후두둑 후두둑 검고 커다란 새가 높은 전나무 꼭대기에서 눈을 흩뿌린다.

"진짜 크다. 꼭 닭만 해."

알베르트가 말했다.

후두둑거리는 소리가 조용한 숲을 지나 가까운 마을까지 퍼진다. 아이들은 숲 언저리에서 힘든 발걸음을 옮기고 있다. 마을에 가면 누군가가 그 아이들을 기다리고 있지는 않을까?

"저거 먹는 걸까?"

"새는 다 먹을 수 있는 거야. 깃털이 달려 있는데 못 먹을 이유는 없지."

아이들은 모닥불을 피우고 감자 네 알을 던져 넣었다. 미처 다 익기도 전에 불에서 끄집어내 뜨거운 감자를 손에 얹고 재주를 부리듯 돌려 가며 식히다가 허겁지겁 입안에 욱여넣고 부스러기도 남기지 않고 먹었다. 그러고는 모닥불을 눈으로 덮어 흔적도 없이 꺼 버렸다. 왜 그러는 것일까. 아마 어떤 책에서 미국 개척자들이 그렇게 했다고 읽었는지도 모른다.

까마귀가 하늘에서 작은 아이들을 내려다보더니 머리를 흔들다가 짖었다. 전쟁이 끝나고 사람 고기를 잔뜩 처먹은 새가 사람처럼 살이 쪘다.

아이들은 그 뒤로도 얼마나 오랫동안 길을 걸었을까. 눈이 닿는 곳 어디나 전부 똑같은 숲속에만 있으니 알 길이 없고 날카로운 칼날이 달린 듯한 배고픔은 차가운 감자 두 알로 달래지지 않았다. 그러나 세상 모든 일은 끝이 있는 법, 숲의 나무들이 난데없이 가늘어지더니 나무들 사이에서 빛이 반짝이고 하얀 눈으로 뒤덮인 넓은 광장이 모습을 드러냈다. 아이들은 누가 먼저 숲에서 빠져나갈지, 누가 먼저 숲의 언저리에 닿을지 경주를 하듯 앞서거니 뒤서거니 내달렸다.

숲을 빠져나와 잠시 서서 둘러보았다. 끝이 없어 보이는 겨울을 보내다가 눈이 멀었는가 보다. 이제 겨울도 끝자락에 온 것인가. 오래되어 커다란 나무들로 둘러싸인 어느 집 굴뚝에서 연기가 피어오르고 있었다.

아이들의 가슴이 기쁨에 겨워 콩닥거렸다. 사람들이 살고 있는 집을 향해 얼른 몸을 돌렸다.

까마귀가 원을 돌며 아이들 위를 날고 있다. 작별 인사를 하는지 힘을 주어 목소리를 내뱉더니 전나무 숲 뒤로 몸을 숨겼다.

집은 꽤 크다. 마당이랑 축사랑 밭도 모두 큼직큼직하다. 아이들은 집 마당으로 들어섰다. 문가에서 큰 개가 짖었다. 개 옆으로는 장작으로 쓰려고 패 놓은 오리나무 장작이 쌓여 있었다.

마당 한가운데는 나이가 꽤 들었지만 키가 크고 몸이 꼿

꼿한 여자가 물결치는 모양의 따뜻한 스카프를 머리에 두르고 펠트로 만든 덧신을 신고 걸어가고 있었다. 얼굴에 웃음이 없다, 아주 인정머리 없이 단호해 보였다. 손에는 양동이를 들고 있는 걸 보니 가축을 돌보고 오는 모양이다. 아무래도 돼지에게 먹이를 주고 온 것 같다.

아이들이 인사를 건네자, 여자가 멈춰 섰다. 불신이 가득한 미심쩍은 눈길로 빤히 바라보았다.

"일… 빵…."

얼마 안 되는 리투아니아어를 끄집어내어 헤인츠가 말했다.

"뭐든 시켜만 주시면 잘할 거예요. 그저 먹을 것만 주시면 돼요…."

"여기 할 일 없어."

"장작이요, 장작이라도 팰게요."

여자는 두 머슴을 살펴보는 듯 말이 없었다. 입술을 반쯤 열어 뭐라 속삭였다. 그저 웃는 거였는지, 아니면 그냥 인정머리 없는 입술에 햇빛이 스쳐 지나간 건지, 잘은 모르겠지만 어쨌든 자기를 따라오라고 말하는 듯 뭐라 몸짓을 했다. 아이들은 잠깐 서로를 바라보다가 여자를 따라갔다.

브리기테, 그레테 그리고 로테 고모는 건물 잔해 속에서 쥐를 잡고 있다. 여자애들은 조심스럽게 갈라진 틈을 살펴보고 판자를 하나하나 들춰 보았다. 처음엔 무엇을 잡아야 하는지 잘 알지도 못하면서 정신이 팔려 있었다. 그저 뭐에라도 긁히지 않게 조심스럽게 움직였다.

무언가를 발견한 로테 고모가 그레테와 브리기테에게 손짓을 보내자 무언가를 둘러싸기 시작했다.

쓰레기 더미에서 쥐 한 마리가 도망 나왔다.

브리기테가 쥐를 향해 거적때기를 던졌다.

로테 고모가 막대기로 거적 속에서 버둥대고 있는 생명을 때려 죽였다.

다른 쥐들도 이미 목숨을 잃고 몸이 차가워졌다. 몇몇 살아 있는 쥐들도 거의 숨만 붙어 있다. 브리기테가 죽은 쥐를 집어다가 이미 죽어 버린 설치류들 사이에 넣었다.

토끼 한 마리만 더 잡으면 된다.

화덕 위에서 물이 끓고 있다.

로테 고모가 쥐 가죽을 벗겼다.

헬무트와 모니카가 대접을 들고 주위를 서성였다.

“고모, 그거 잡아 온 거 뭐예요?”

“토끼야….”

“맛있어요?”

“아주 맛있어….”

“왜 맛있어요, 고모?”

“여름 내내 천국의 사과를 먹거든.”

“그럼 토끼 귀는 길던데, 다 어디 갔어요? 책에서 봤단 말이에요….”

“나쁜 토끼만 귀가 길어지는 거야. 작은 귀를 가지고 사는 작은 토끼들도 있지.”

“왜요?”

“그래야 풀숲에 숨어 있어도 여우들이 못 보지….”

헬무트와 모니카가 웃었다.

에바는 아이들에게 자기가 어디에 사는 누구인지 외우도록 꼼꼼하게 일러두었다.

"어디서건 엄마나 고모 없이 혼자 남게 될 수 있으니 꼭 기억해."

고모가 말했다.

"너희들이 어디에서 왔는지 제대로 말하는 게 아주 중요해."

"얘들아, 잊지 않도록 항상 외우고 다니렴."

"저는 모니카 슈카트예요. 1936년 3월 9일 굼비넨*에서 태어났어요. 우리 부모님 이름은 에바와 루돌파스예요."

"다른 식구들 이름도 잊어버리면 안 되지."

"우리 부모님 이름은 루돌파스와 에바인데 남동생 이름은 헬무트, 오빠 이름은 헤인츠예요. 언니 브리기테랑 여동생 레나테랑도 같이 살아요."

"넌 어느 나라 사람이지?"

"전 독일 사람이에요."

* 지금의 러시아 칼리닌그라드 구셉.

"이제 너희들이 말해 보렴. 자기가 누구인지 잘 외웠다가 꼭 이야기해야 한다. 자, 레나테. 너부터 해 보렴."

"전 레나테 슈카트예요. 1939년 4월 1일에 태어났고 부모님 이름은 루돌파스랑 에바예요."

"제 이름은 헬무트 슈카트예요. 태어난 해는…."

헬무트는 더 이상 기억해 내지 못하고 고개를 떨구었다.

엄마가 계속 반복했다.

"전 1940년 10월 13일 굼비넨에서 태어났어요. 부모님 이름은 루돌파스와 에바예요. 이제 끝까지 말해 봐."

"제 이름은 헬무트 슈카트, 1940년 10월 13일 굼비넨에서 태어났고 부모님 이름은 루돌파스와 에바예요. 형 이름은 헤인츠고 누나들 이름은 브리기테, 레나테 그리고 모니카예요. 전 독일 사람이에요."

헬무트가 자랑스럽게 말했다. 엄마의 눈에 눈물이 고였다.

"엄마, 왜 울어요?"

"너희들 독일 사람이라고 어디 가서 자랑하면 안 돼. 하지만 기억하고 있어야 돼."

외양간 옆에 알베르트가 장작을 보기 좋게 쌓아 올린다.

헤인츠는 피곤한데도 아랑곳하지 않고 장작을 팼다. 오리나무와 사시나무라서 잘 쪼개졌다.

"형은 그렇게 잘 패는데 난 왜 안 되지?"

"정확히 한가운데를 조준해서 넓은 부분을 쳐야 돼. 다시 해 봐, 내가 잘 쌓아 줄 테니."

알베르트는 헤인츠 손에서 커다란 도끼를 받아 들었다. 통나무 줄기 위에 놓고 쳐 보지만 여전히 잘되지 않았다.

개가 기뻐서 가르릉거리는 소리가 들렸다. 한 여자가 개에게 주려고 감자 수프 같은 것을 가져왔다.

"우린 안 주고 개한테만 먹을 걸 줬어."

"쉿, 조용히 해. 저 아줌마가 들을라."

현관에 집주인 여자가 나타났다. 길쭉하게 잘린 검은 빵이랑 김이 모락모락 나는 걸쭉한 수프가 든 큰 그릇을 가지고 나왔다.

집주인 여자는 마당에 난 작은 길을 따라 점점 키가 자라고 있는 장작 더미 쪽으로 다가왔다. 알베르트는 큼지막한 통나무를 가지고 열심히 일하고 있었다. 나무토막에 박혀 있는 도끼를 어깨 위로 들어 올린다. 무겁지만 견딜 만하다. 그 도끼로 단단하게 얼어 버린 나무토막을 찍었다. 통나무가 반으로 갈라진다. 알베르트가 목에 흐르는 땀을 닦았다.

여자는 리투아니아어로 잘하고 있지만 조금 더 힘을 길러야겠다고 말했다. 아이들은 뒤를 돌아보았다. 아줌마가 아무래도 먹을 것을 줄 것 같지는 않다.

여자는 통나무 위에 김이 모락모락 나는 그릇을 올려놓았다. 숟가락 두 개와 빵이 담겨 있었다. 알베르트는 독일어로, 헤인츠는 리투아니아어로 고맙다고 말한 후 허겁지겁 먹기 시작했다.

아줌마의 얼굴에 환하고 온화한 미소가 번지는 것 같다. 안주인은 밥을 먹는 아이들을 잠시 보다가 집 쪽으로 걸어갔다.

곳간의 문이 열리더니 헤인츠와 알베르트와 안주인이 들어온다.

이불을 대충 말아서 안으로 가지고 들어왔다.

건초 더미를 가리키며 저기서 잠을 자라고 말했다.

아이들은 기다란 사다리를 타고 위로 올랐다.

안주인은 이따금 독일어를 섞어 가며 리투아니아어로 말했다.

“감기 드는 건 아닌지 모르겠다… 감기 안 들게 서로 잘 부둥켜안고 자라… 담배 피우면 안 된다. 성냥불 피우지 마… 불도 피워선 안 되고, 담배는 절대 안 된다. 알아들었니?”

아이들은 불을 피워선 안 되고 감기 안 들게 조심하라는 말을 용케도 알아들었다.

“뭐라고 소리가 나도 그냥 조용히 있어야 돼. 밖으로 나오면 안 된다. 알았지?”

여자는 밖으로 나가서 육중한 문을 잠갔다.

아이들이 잠을 자는 시골집은 평온함에 빠져든다. 마치 잠에 빠진 듯 눈이 덮인 들판 위에는 별과 달이 반짝인다. 어딘가 멀리서 개 짖는 소리가 들린다.

조용하다.

난데없이 눈을 저벅저벅 밟으며 다가오는 발소리가 들렸다.

무장한 다섯 남자의 그림자가 서둘러 집 쪽으로 향했다.

헤인츠와 알베르트는 이불 속에 몸을 말고 누워 있다.

"그 빵 진짜 맛있더라."

"그래, 맛있었어."

"우리 한 조각만 더 먹을까?"

"내일까지 참아. 내일은 안 줄지도 몰라. 그리고 아껴서 집에도 가지고 가야 되잖아."

"그래, 집에 가져갈 거야. 꼭 가져갈 거야…."

"아빠 생각 자주 해?"

"별로, 그냥 가끔. 아빠가 카드로 마술하던 게 생각나. 실력이 정말 좋으셨지. 나한테도 가르쳐 준다고 해 놓고 안 가르쳐 주셨어."

"너네 아버지는 적어도 살아 계시니까 정말 다행이다."

"우리 아빠가 살아 계신지 돌아가셨는지 어떻게 알겠어. 마지막으로 편지를 받은 게 6개월 전이야."

"난 아버지 생각 자주 해. 아버지가 돌아가시면 금방 알 것 같아. 하늘을 덮을 만큼 시체가 많겠지. 죽어서 하늘나라에 가면 아빠랑 형이랑 정말 보고 싶은 사람들을 만난다고 하는데, 난 믿지 않아. 수많은 시체 중에서 나 혼자만 아빠를 찾으면서 돌아다니진 않을 거 아니야. 거기 가면 아이들도 어른들도 전부 아빠를 부르며 찾을 텐데⋯.”

아이들은 잠시 말이 없다.

“나 오줌도 못 눴는데 아줌마가 문을 잠가 버렸어.”

“잠깐 내려가서 오줌 누고 와.”

“무서워⋯ 나랑 같이 내려가. 웃지 마, 난 어두운 거 질색이란 말이야.”

“같이 내려가자. 나도 오줌 마려워.”

아이들은 사다리를 타고 아래로 내려왔다. 문으로 다가가 살펴보니 정말 밖에서 문을 잠가 놓았다.

어두운 구석에서 오줌을 눴다.

갑자기 헤인츠 귀에 눈을 밟으며 오는 사람들 발소리가 들렸다. 알베르트에게 조용히 하라고 말했다. 무슨 말을 해야 할지 모르겠지만 헤인츠는 동생의 입을 틀어막고 귀에다가 조용히 말했다.

“누군가 오고 있어.”

아이들은 문틈으로 밖을 내다보았다. 어두운 그림자가 집 쪽으로 다가가 창문을 두드렸다.

문이 열리더니 그림자가 집 안으로 사라졌다.

잠시 후 다시 문이 슥 열리며 올빼미 우는 소리가 들렸다.

헛간에서 달빛이 비치는 길을 따라 무장을 한 다른 남자들이 집으로 향했다. 한 명만 빼고 모두 안으로 들어갔다.

놀란 아이들은 조용히 바라보고 있다가 사다리를 타고 차례차례 위로 올라갔다.

꽤 이른 아침이다. 슬슬 물러나기 시작하는 밤이 점점 파래진다. 그러나 여전히 추위는 몸에 난 상처와 코를 꼬집는다. 일찌감치 일어난 레나테와 모니카는 마른 빵 조각을 넣고 끓인 따뜻한 차 한 잔을 마시고 나와 벌써 시장에 도착해 있다. 두 아이는 줄을 따라 이어진 마차들 사이사이를 지나갔다. 레나테는 빗자루를 들고 있었다. 그 빗자루는 자작나무 가지들을 묶어서 만든 게 아니라 돈을 주고 산 물건이다. 여자아이들은 사람이 없는 곳을 찾아가 섰다. 팔고 싶은 물건을 앞에 잘 보이게 들고 있지만 사는 사람은 아무도 없고 관심조차 보이지 않았다. 여자아이들 옆에 도사리고 있던 추위가 점점 더 힘을 얻는다. 손이 시린 레나테는 다리를 동동거리며 손바닥에 더운 바람을 불었다.

주변에는 물건 파는 사람들로 북적였다. 리투아니아에서 온 농부들은 감자와 빵 말고도 달걀과 치즈, 크림, 훈제 돼지비계 등을 팔았다. 사람들은 오가면서 은박이 박힌 예쁜 잔이나 거울이나 커피 가는 기계, 식탁에 놓을 물건들, 골동품들을 들고 흥정하지만 우리의 소중한 아이들은 오직 하나, 빵밖에 관심이 없었다. 살아남는 것이 전부다. 농부들은 감자를 은신처에서 뽑아낸 아름다운 과거의 흔적들과 바꾼다. 그리고 지금은 은박이 새겨진 평화롭고 행복한 생활의 조각들보다 감자와 훈제 비계가 더 소중하다. 선생으로 일했던 사람들은 과거의 이야기가 담기고, 지도와 글자가 멋지게 새겨져 있는 두껍고 예쁘기 만한, 그러나 지금은 아무도 거들떠 보지 않는 책 더미를 먹을 것과 바꾸려 하고 있지만 지금 책이 필요한 사람은 아무도 없다.

어디선가 말다툼이 일어났다. 남자애 한 명이 빵 조각을 훔쳐 숨을 헐떡이며 달아났다. 하지만 금세 주인이 아이를 따라잡아 회초리로 때렸다. 아이는 흐느끼는 목소리로 울지만 그러면서 누구한테 뺏길까 봐 겁이 나는지 빵을 입으로 꾸역꾸역 넣었다. 아무에게도 빵을 뺏기지 않으려고 말이다.

잠시 후 군인들이 나타났다. 그들은 장사꾼과 농부들, 독일인들 사이를 오가며 커다란 치즈를 사지만 장사꾼들이 원하는 만큼 값을 치르지 않았다. 돈을 얼마나 낼지는 웃으면서 자기들이 알아서 결정했다. 물건 파는 여자 한 명이 화를 내자 총을 들어 위협했다.

“아무래도 이 빗자루를 못 팔 것 같아. 걸어 다니면서 사라고 말해야 해. 여기 그냥 서 있다간 뼛속까지 얼어붙겠다.”

모니카가 말했다. 모니카는 레나테가 들고 있던 빗자루를 잡고는 농부들에게 다가가 말했다.

“빗자루 사세요, 정말 좋은 거예요. 베를린에서 만든 거예요.”

그 훌륭한 베를린산 빗자루를 사고 싶어 하는 사람은 아무도 없었다. 그저 고개를 흔들고 말을 섞지 않았다.

모니카는 지루해졌다. 모니카는 남자애들이 하는 것처럼 땅에다 침을 탁 뱉고 빗자루를 레나테의 손에 쥐어 주었다.

"팔고 싶으면 가지고 가. 이제 너무 지겨워. 나 오늘 리투아니아로 갈래."

"엄마가 허락 안 해 줄걸."

"엄마 말 안 들을 거야."

"엄마가 언니 때문에 울면 어떡해."

모니카는 작은 여동생을 사람들과 매서운 눈보라 속에 혼자 남겨 두고 등을 돌린 채 앞으로 걸어 나갔다. 눈이 여자아이를 감싸고 내리고 있다. 레나테는 언니가 다시 돌아오지 못할 곳으로 가고 있다는 사실을 깨닫기 시작했다. 레나테는 언니를 불렀다.

"언니, 언니."

그러나 언니는 돌아보지 않았다.

몸이 얼어붙을 정도로 춥고 고단한 레나테는 가만히 서서 리투아니아에 간 헤인츠와 알베르트 그리고 모니카에 대해 생각했다. 강만 건너면 갈 수 있는 리투아니아에 가면 아마 살기가 더 좋을 것이다. 하지만 엄마랑 헬무트가 있는데 절대 혼자 떠날 수는 없다. 누군가는 엄마와 동생을 돌보아야 한다.

집으로 가려고 몸을 돌린 여자아이는 이상하게 차려입은

남자가 빗으로 흥겹게 음악을 연주하는 것을 보았다. 주름투성이 얼굴은 잔뜩 찌푸려 있었다. 레나테는 그렇게 주름지고 나이 든 사람을 본 적이 없었다. 그 늙은이는 다리를 이상하게 꼬고 마차 위에 앉아 빗으로 노래를 연주하고 있었다. 역시 꽤 나이 든 부인은 아무짝에도 쓸데없는 바구니와 빵을 팔고 있다. 길게 자른 빵 한 조각마다 10루블이나 마르크를 받았다. 다른 물건으로 교환할 수 있다면 어떤 돈이든 상관없었다. 키가 크고 삐쩍 마른 여자아이가 커다란 남성용 코트로 몸을 감싸고 돌아다니다가 치마 밑에서 시계 하나를 꺼냈다. 노인네들의 눈이 반짝였다.

"세상에, 정말 예쁜 시계구나. 은이랑 청동 장식도 있네."

손으로 돌려서 시간을 조절할 수 있는 자명종이다. 여자아이가 더 말하려고 했지만 노인네들은 더 이상 말을 듣지 않았다. 시계 하나 값으로 배를 채우기에는 턱도 없는 호밀빵 두 개랑 바꾸자고 제안했다. 여자아이가 그 말을 들을 이유가 없다. 다른 곳으로 가는 게 낫다. 늙은이는 시계를 돌려 안에 들어 있는 부품들이 잘 돌아가는지 확인했다. 귀에 가져다 대고 이 놀라운 물건이 정상적으로 째깍거리고 있는지 잘 들었다. 늙은이는 시계에 마음이 팔렸지만 마누라는 비싼 돈을 주고 그 물건을 사도록 허락할 리가 없다. 여자아이는 시계를 손에 들고 다른 사람들에게 팔러 갔다.

늙은이는 눈을 크게 뜨고 자기를 뚫어져라 쳐다보고 있는 여자아이를 봤다. 노친네의 행동이 미친 사람처럼 이상하다고 느껴질 무렵 그 노친네가 레나테를 불렀다.

"야, 꼬마야. 왜 나를 쳐다보는 거야? 빗자루 팔려고?"

"네, 빗자루 팔려고요."

"빗자루 따위는 필요 없다. 세상에 널린 게 나뭇가지인데 필요할 때마다 묶어서 쓰면 되지."

"그런데 이 빗자루는 정말 좋은 거예요. 베를린에서 만든 거예요."

레나테도 굽히지 않았다.

"베를린에서 왔다 한들 뭐가 다르니. 빗자루고 빗질만 잘 하면 됐지."

할아버지가 웃었다.

"우린 빗자루 필요 없다. 자, 여기 빵이나 가지고 서둘러 집으로 가렴. 우린 네 빗자루 필요 없다."

레나테는 할아버지가 정말 빵을 줄 것인지 긴가 민가 했는데, 마침내 손을 뻗어 빵 조각을 건네주었다. 레나테는 뭔가에 놀란 듯 빵을 손으로 받아 들었다. 혹시라도 노인이 마음을 바꿀까 봐 빵을 쥐고 얼른 뛰어갔다. 등 뒤로 이 상황이 만족스러운 듯 웃는 노인의 웃음소리가 들렸다.

모니카는 시장에 혼자 서 있다. 정말로 집에는 안 돌아갈 것이다.

모니카는 한참을 걷다가 주위를 둘러보았다. 시장은 거의 파장 분위기다. 어떤 여자가 리투아니아 사람에게 울면서 자기

아이를 사 가라고 부탁하고 있었다. 집에 아이들이 넷이나 있단다. 아이가 일을 잘하고 착하니 감자랑 바꾸자는 것이다.

"저희를 좀 불쌍히 여겨 주세요. 제발 자비를 베푼다고 생각하시고 좀 도와주세요. 하느님이 되갚아 주실 거예요. 우리 아들 이제 힘도 세요, 일도 잘할 거예요. 무슨 일을 하라 해도 군말 없이 할 거예요."

아이를 팔아야 하는 신세가 안타깝다. 그러나 이미 아이들이 넷이나 있다 했다. 만약 주인이 부리다가 필요가 없어지면, 알아서 집으로 돌아올 것이다.

덩치가 크고 콧수염이 난 농부는 잠자코 여자의 말을 듣다가 아이의 얼굴을 들어 구석구석 살폈다. 치아 상태도 확인하고 팔도 들어 봤지만 아무래도 아직 너무 마른 것 같다. 농부는 남자아이가 마음에 들지 않았다. 마음이 너무 아픈 농부의 부인은 그 사람들이 하는 이야기를 일부러 피하고 팔다 남은 물건을 마차에 싣고 집으로 갈 준비를 했다. 그 여자는 일부러 이야기를 하지 않았다.

"이제 그만 가자구. 우리가 갈 곳이 집밖에 더 있겠어?"

"우리 아이 정말 착해요. 그런데 우리 가족은 굶어 죽을 거예요. 굶어 죽는다고요. 우리 가엾은 애들은 어떻게 먹이고 어떻게 살아요. 선생님, 제발 우리 아이를 좀 데려가 주세요. 감자 반 가마니면 돼요. 그냥 감자 반 가마니요."

"저런 아이를 어디에 쓰란 말이에요? 저렇게 작고 약해서 일이나 제대로 할 수 있을 것 같아요? 밥만 축내지. 내가 하느님도 아니고, 난 당신 식구들을 도울 수 없어요. 나도 먹고살아야 할 거 아녜요. 얼른 가요. 자, 여기 감자 챙겨서 얼른 가시라구요."

여자는 아이의 손을 잡고 다른 농부에게로 발걸음을 옮겼다.

모니카는 지금 벌어진 일들을 보고 나서 리투아니아로 가야겠다는 생각이 더 강해졌다.

"아저씨, 리투아니아에서 오신 분이에요?"

농부는 미소를 지었다. 이 꼬마 녀석이 하는 말을 들으니 마냥 우습기만 했다.

"그래, 리투아니아에서 왔다. 그래서 뭐?"

"아저씨, 저도 리투아니아에 가고 싶어요. 제가 아까 저 남자애보다 일을 더 잘할 수 있어요. 전 아무것도 필요 없어요. 그냥 먹여만 주시면 시키는 대로 다 할게요. 뭘 시키든지 말 잘 들을게요."

남자는 잠깐 웃더니 리투아니아어로 부인에게 말했다.

"이 녀석 말하는 소리 들었어? 자기를 사 가라는데 우리가 뭐 하러 산단 말이야, 여보."

"저 애 엄마는 어딨답니까?"

남자가 모니카를 보면서 말했다.

"너네 엄마는 어디 계시니?"

"저 혼자 리투아니아에 가라고 그랬어요…. 정말 시키시는 대로 다 할게요."

잠시 말이 없다가 들릴락 말락 할 소리로 말했다.

"아저씨, 저 좀 데리고 가세요…."

여자가 모니카에게 삶은 달걀을 건네주었다. 모니카는 놀란 듯 눈을 크게 뜨고 달걀을 받아 들었다. 여자가 독일어로 먹으라고 권했다.

"겁내지 말고 마차에 올라오렴."

모니카는 레나테를 찾는 듯 주위를 둘러보다가 근처에 없는 것을 깨닫자 마차에 올라 껍질도 거의 벗기지 않고 삶은 달걀을 허겁지겁 먹었다. 그러다가 멋쩍게 웃었다.

마차가 움직였다. 농부가 갈 방향을 잡더니 채찍질을 했다. 여자와 모니카가 옆으로 나란히 앉았다. 여자는 모니카 다리에 가죽 천을 덮어 주었다.

"아줌마, 리투아니아에 가면 천국의 사과가 있나요?"

여자가 미소를 지으며 말했다.

"여름이 와야 있지."

그들은 함께 길을 떠났다. 마차는 점차 멀어지며 덜컹거리고 바람 불고 장사하는 사람들로 가득한 세상으로 나아갔다.

마침내 사라졌다.

레나테는 집으로 돌아왔다. 얼른 가서 엄마한테 시장에서 본 일을 말해 주고 싶은데 엄마는 그냥 손을 내저었다. 잠시 후 브리기테 언니가 말했다.

"레나테… 마르타 이모가 돌아가셨어…."

레나테는 구석진 곳에 누워 있는 이모의 시신을 보았다. 주변에는 아이들이 모여 꼼짝도 하지 않는 엄마를 보고 있다. 로테와 에바는 기도를 올리고 있었다.

엄마가 물었다.

"모니카는 어딨니?"

"리투아니아에 갔어요."

에바가 여자아이를 오랫동안 바라보더니 아무런 말도 없이 그저 고개를 내려뜨렸다.

마르타 이모의 아이들이 멍하니 엄마의 시신을 보고 있다.

로테 고모는 가만히 성경을 읽고 있고 엄마는 기도를 하고 있다.

시간이 흘러 바깥의 색이 변했다. 태양은 끝이 없는 겨울의 눈보라와 구름 너머 자신의 길을 따라 데굴데굴 굴러온다.

땔감 창고는 춥고 적막하다. 벌써 점심때다.

모니카는 여전히 돌아오지 않았다. 레나테는 언니가 정말로 리투아니아에 간 것이 틀림없다고 생각했다.

"기다릴 것 없어. 얼른 마르타를 묻어야 해."

로테가 말했다. 땅이 얼면 삽질을 할 수가 없고 시신을 묻지 못한다. 에바가 말했다.

"어떻게든… 여기 집에 놔둘 수는 없잖아."

로테 고모가 힘들게 일어나서 옷장 밑에서 천과 방수포를 꺼내서 펼쳤다. 아이들은 겁을 먹었는지 가만히 쳐다보고만 있고 그레테만 로테 고모를 돕겠다고 나섰다.

여자들이 마르타의 시신을 어렵게 들었다. 겨우겨우 힘을 내어 천 위에 얹고 둘둘 말았다.

여자들과 아이들은 마르타 아줌마의 시신을 눈보라 치는 마당을 가로질러 겨우 끌고 가더니 옷장 끄트머리에 올려 다시 끌고 갔다.

마르타 아줌마의 막내아들 오토가 몇 번이나 물었다.

"우리 엄마를 어디로 데리고 가는 거야? 왜 우리 엄마를 천으로 둘렀어? 왜 엄마는 아무 말을 안 해? 엄마를 어디로 데리고 가는 거야? 우리 엄마를 대체 어디로 데리고 가는 거냐고? 엄마는 왜 아무런 말이 없어? 엄마를 어디로 데리고 가는 거야?"

"이제 좀 조용히 해!"

그레테는 오토에게 고함을 치고 소리 내어 울기 시작했다. 눈물이 강물처럼 넘쳐 흐른다.

"왜 엄마는 말이 없어, 왜 조용히 있어, 왜 이렇게 차가워, 꼭 얼음 같잖아."

"오토, 이제 엄마는 없어. 엄마는 죽어서 이렇게 차갑게 식은 거야."

"이 시체는 엄마가 아니야, 누군지 모르겠어. 그냥 차갑게 식은 시체란 말이야."

"넌 너무 어려서 무슨 말을 해도 못 알아들을 거야. 오토야, 얼른 집으로 들어가…."

"브리기테, 막내 데리고 집으로 들어가서 잠자코 기다리고 있거라."

로테 고모가 말했다.

눈이 휘몰아치는 폭풍 속에서 이상한 의식이 펼쳐지고 있다. 그림자 같은 커다란 사람 두 명과 작은 사람 두 명이 뭔가 길쭉한 덩어리를 끌고 오고 있다.

"여기에다가 묻자."

"로테 고모, 안 돼요…. 공동묘지 같은 성스러운 장소에 묻어야죠."

모든 것이 훼손되었다. 공동묘지라도 별수 없었다.

눈 폭풍 속에서 십자가 몇 개가 모습을 드러냈다.

에바, 로테, 그레테 그리고 레나테 이렇게 넷이서 마르타의 장례식을 치를 것처럼 보였다.

그래도 사람들은 시신을 공동묘지로 끌고 갔다. 얼어붙은 땅을 팔 수 없어 그냥 눈에 구덩이를 파고 시신을 넣은 후 다시 눈으로 덮었다. 나무에서 가지 몇 개를 꺾어서 십자가를 만들어 눈에 꽂았다. 여자들은 성호를 그으며 기도했다.

"주여, 우리에게 평온한 죽음과 장례식을 허락해 주소서."

"에바, 세상일은 아무도 모르는 거예요. 우리 주변에 어떤 일이 일어나고 있는지 좀 봐요. 우리가 어떤 식으로 삶을 끝낼지는 아무도 몰라요…. 그날이 언제일지 어디일지 우리가 선택

할 수 있는 게 아니야….”

그레테는 눈 속에 묻은 엄마 위에 털썩 주저앉아 소리 내어 울기 시작했다.

로테 고모가 아이를 일으켰다.

“그레테, 이제 집으로 가자꾸나.”

“엄마 여기 있으면 추워요. 우리보다 더 추울 거예요.”

눈보라가 치는 끝이 없어 보이는 들판에 이상한 실루엣이 오간다.

눈이 바람에 날려 춤을 추다가 사라졌다.

하얀 눈보라의 손길 사이로 간간이 공동묘지가 모습을 드러냈다.

점점 어두워진다.

여자들과 아이들의 형체가 마치 바람에 흔들거리는 유령들 같아 보인다.

춥지만 맑은 겨울날이다. 작은 길을 따라 말이 즐거운 듯 종종걸음으로 썰매를 끌고 있다. 말 안장 위에는 노인이 앉아 있고 좀 넓은 의자 위에는 여자가 그리고 그 옆에는 헤인츠와 알베르트가 앉아 있었다. 남자아이들은 누더기처럼 볼품은 없지만 따뜻한 옷으로 갈아입었다.

길이 갈라지는 갈림길에서 남자가 푸루루루 하는 소리를 내며 말을 세웠다.

"여기서 계속 가면 시내가 나온다. 2킬로미터쯤 가면 돼."

리투아니아어로 말하다가 아이들이 제대로 알아듣도록 독일어를 섞어 말하기도 했다. 2킬로미터, 시내, 남자가 말했다.

아이들은 리투아니아어로 고맙다고 말하며 썰매에서 내렸다. 여자는 한숨을 쉬며 리투아니아어로 말했다.

"가엾은 것들, 어디 갈 곳이라도 있으려나…."

아이들은 다시 한번 고맙다고 말했다. 아이들은 바랄 것이 없었다. 여행을 위해서 챙겨 온 어깨 위 가방이 꽤 무거워졌기 때문이다.

썰매는 조용히 방울 소리를 내며 숲이 있는 쪽으로 사라졌다. 아이들은 자신들을 태워 준 노인과 아주머니를 향해 손을 흔들고 몸을 돌려 농부가 말해 준 방향으로 걸었다.

텅 비어 있지만 저녁 해가 아름답게 빛나는 꽤 즐거운 들판을 따라 헤인츠와 알베르트, 독일 꼬마 아이들이 행진을 하고 있다.

온통 밭으로 둘러싸인 농장이 보였다. 굴뚝에서 나온 연기가 하늘을 향해 꼿꼿이 흐르고 있다.

아이들은 그곳으로 방향을 잡았다.

대문 앞으로 다가가니 검은 개가 미친 듯이 짖었다.

"여기라면 돈을 꽤 벌 수 있겠다."

"우리가 빵을 가지고 가면 엄마가 얼마나 좋아하실까."

아이들은 대문을 열었다.

개가 짖는 소리를 들었는지 덩치가 크고 눈이 무서운 주인이 밖으로 나왔다.

아이들은 우물쭈물하며 몇 발자국 앞으로 걸어갔다.

"안녕하세요…."

"여기서 뭣들 하니? 우리 집에 거지들은 못 들어온다. 얼른 나가."

리투아니아어를 전혀 못 하는 알베르트가 물었다.

"뭐라고 하는 거야?"

"나도 몰라."

"내가 하는 말이 무슨 소리인지 모르겠어? 얼른 나가라고. 여기서 꺼지라고. 이 거지새끼들."

"우리 여기서 일 좀 하면 안 될까요?"

"독일 놈들은 독일로 가라고. 우리 집은 독일 사람들 필요 없어. 당장 나가지 않으면 개를 풀어놓을 거다."

알베르트가 조용히 말했다.

"저 사람 화났어. 형, 우리 그냥 나가자."

"그래 가자. 정말 개를 풀어놓을지 몰라."

겁에 질린 헤인츠가 말했다.

헤인츠는 기다릴 것도 없이 죽을힘을 다해 뛰었다. 어디로 갈지 몰라 헤매던 알베르트는 주인이 성난 짐승을 풀어놓았다는 사실을 너무 늦게 깨달았다.

아이들은 죽기 살기로 뛰었지만 검고 무자비한 개는 아이들을 향해 곧장 뛰어오고 있었다. 알베르트는 아무리 뛰어도 마당 밖으로 못 나갈 것 같아 몸을 돌려서 칼을 꺼냈다.

알베르트가 칼을 쳐들었다. 아이는 절대 포기하지 않고 괴물의 숨통을 끊어 버릴 것이다.

헤인츠는 멀리 달아나며 동생을 불렀지만 알베르트는 듣지 못했다. 헤인츠는 뒤를 돌아보지도 않고 숲으로 뛰어갔다.

개가 아이를 향해 달려들었다. 아이와 개는 공처럼 한데 섞였다. 개가 찢어지는 소리를 질렀고 눈이 핏빛으로 물들었다. 아이가 개의 목을 칼로 그은 것이다.

아이는 자기의 몸 위에서 피를 철철 흘리고 있는 동물을 치웠다. 아이도 온통 피투성이다. 그래도 여전히 손에서 무기를 놓지 않았다.

집주인이 끈을 가지고 달려와 아이를 때리려고 덤벼들지만 아이는 미친 듯이 성큼 앞으로 몸을 던지더니 주인의 손에 칼을 휘둘렀다. 주인은 소리를 지르며 뒷걸음질쳤다. 손에서 피가 흘렀다.

개에 물린 아이는 그대로 자리에 서 있었다. 피가 흐르는 칼을 손에 들고 소리쳤다.

"죽여 버릴 거야, 죽여 버릴 거야, 죽여 버릴 거야…."

아이가 미쳤다고 생각한 주인은 화를 내며 뒷걸음쳤다. 그러더니 총을 챙기러 집으로 뛰어갔다.

아이는 비틀거리며 대문을 빠져나왔다.

대문 밖으로 나온 아이는 헤인츠가 어디로 갔는지 주위를 둘러보았지만 아무 데도 없었다. 알베르트는 왔던 길로 다시 돌아갔다.

농장에서 주인이 뛰어나와 서둘러 사냥총으로 아이를 겨누었다. 분노로 떨리는 손으로 총을 쏘지만 이미 멀리 사라진 아이를 맞추지는 못했다. 하지만 알베르트 역시 분노가 차올라 길 위에 주저앉고 말았다.

숲에 들어선 헤인츠의 귀에 총소리가 들렸다. 어디로 가야 좋을지 결정할 수 없었다. 아무튼 최대한 멀리 가야만 한다.

알베르트는 다시 일어섰다. 뒤를 돌아보니 주인이 서서 개를 바라보고 있었다. 멀리서 보니 개는 무슨 점처럼 검어지고 있다.

아이들은 서로를 찾으러 다녔다. 헤인츠는 숲에서, 알베르트는 길에서 서로를 찾았다. 그러다가 헤인츠는 더 깊은 숲길로 들어섰다. 아이들은 서로의 이름을 크게 불러 보지만 이미 길을 잃어버렸다.

피곤해진 헤인츠는 나무 등걸에 잠시 앉아 있다가 신문지로 조심스럽게 포장한 빵을 꺼내 긴 조각을 자른 다음 훈제 비계를 얹어 게걸스럽게 먹기 시작했다.

어두워졌다. 고요하게 서 있는 숲이 공포스럽다.

알베르트는 피곤하지만 그저 길을 따라 걷는 것 말고는 방법이 없다. 거의 하루 종일 걸었지만 온통 숲뿐 사람은 그림자도 보이지 않았다. 가다 보니 어딘가 익숙한 곳에 도착한 것 같았다. 몸이 천근만근이다. 여자아이들이 비웃으며 키득대고 베이컨이 든 소스를 얹어 감자를 먹었던 그 농장을 헤인츠가 못 보고 지나가지는 못할 것이다. 정말 낯이 익은 곳이다. 헷갈릴 리가 없다.

눈 덮인 나무들 사이로 집의 지붕이 보였다. 하지만 절망이 차가운 물처럼 아이의 가슴속에 내리꽂혔다. 안 돼, 여긴 안 된다. 여긴 정말 몹쓸 집이다…. 그 들개 같은 아이가 그들을 공격한 이곳은 아무도 살지 않는다. 알베르트가 검은 개한테서 자신을 구하기 위해 사용했던 칼은 그때 자기를 공격했던 그 아이에게서 뺏은 것이다. 이곳은 문도 창문도 없다. 지붕도 없는 이곳에서 잠을 청할 수는 없다.

알베르트는 머뭇거리며 농장 안으로 들어가 쳐다보았다. 혹시 헨젤이 어디선가 튀어나오는 것은 아닌지 살폈다.

몇 분간 기다렸지만 튀어나오는 사람도 없고 아무 소리도 들리지 않았다.

불을 피운 자리와 식어 버린 수프가 담긴 냄비가 보였다. 그리고 죽어서 얼어붙어 버린 헨젤이 하늘을 보고 누워 있는 것이 보였다.

눈동자 하나는 깃털 같은 눈송이가 뒤덮고 있고 놀란 채 얼어붙어 버린 다른 눈동자는 하늘을 쳐다보고 있었다.

레나테는 고개를 쳐들고 참피나무 가지를 보고 있었다. 손이 닿을 수 있는 곳에 매달린 것은 모두 먹어 버릴 참이다. 레나테는 나무껍질을 우적우적 소리 내며 먹었다. 나무껍질은 얼어서 차갑다. 배 속에 쥐가 한 마리 살고 있는 듯 허기가 배 속을 긁는다. 숲까지 쭉 갈 수 있으면 좋으련만, 거기에 가면 싹이 정말 많이 남아 있을 테니 말이다. 빨리 봄이 왔으면 좋겠다. 그러면 먹을 만한 풀잎과 머루가 지천으로 열릴 거다. 바람을 맞아 얼굴이 그을린 계집아이의 옷은 바람에 펄럭였다. 레나테는 몹시 어지러워 넘어지지 않도록 조심하며 '집'이라고 하는 땔감 창고를 향해 걸었다. 집에 가면 헬무트가 하루 종일 칭얼대고 오토는 줄곧 훌쩍이면서 앓는 소리를 내어 도저히 있을 수가 없다. 그레테는 마치 벙어리가 된 듯 오토를 품에 안고서는 영원히 잠들게 하려는 것처럼 앞뒤로 흔들고 있다. 마당에 있던 산딸기 줄기를 전부 걷어다 물처럼 벌건 차로 끓였으니 더 이상 땔 수 있는 게 없을 것이다.

레나테는 불 꺼진 땔감 창고로 들어갔다. 아주 작은 창문으로만 빛줄기가 기어들어 온다. 로테 고모는 열이 펄펄 나는 엄마의 머리를 무릎에 올리고 산딸기 줄기를 끓인 차를 먹이고 있다. 헬무트는 레나테가 생각했던 그대로 고장 나 튀는 전축판처럼 울면서 밥 달라는 말만 계속 해 댔다.

"배고파, 밥 줘. 배고파."

잠시 쉬는 듯하더니 다시 밥을 달란다.

갑자기 엄마가 참지 못하고 있는 힘을 다해서 소리를 질렀다.

"너 왜 칭얼대, 왜 칭얼대냐구. 다른 사람은 배가 안 고프니, 다른 사람들은 뭐라도 먹었니, 나도 배가 고파. 그런데 어떡하라고. 넌 아무리 먹여도 조용히 자는 날이 없잖아."

그렇게 소리 지르며 욕하는 모습을 보니 엄마 같아 보이지가 않았다. 절망에 빠진 엄마가 눈물을 보였다. 로테가 그러지 말라고 말리며 진정시키려 했지만 뭔가 보이지 않는 두려운 짐승을 내쫓기라도 하려는 듯 침대에 똬리 튼 뱀처럼 웅크려서 계속 소리를 질렀다. 그 괴물은 며칠을 굶은 배 속에서 생기는 것인가 보다.

레나테의 언니 브리기테가 침대에서 일어나 말했다.

"내가 가서 먹을 거 가져오면 되잖아, 가져오면!"

그러더니 레나테를 지나서 문을 꽝 닫으며 밖으로 나갔다. 그리고 눈을 저벅저벅 밟으며 걷는 발소리가 들렸다. 레나테는 엄마와 헬무트를 진정시키려고 했다. 레나테도 울고 싶었다, 위로가 필요했다. 그러나 어쩌란 말인가. 레나테도 집에서 보내는 시간이 너무 끔찍하고 상황은 앞으로도 더 안 좋아질 것이다. 레나테는 언니를 따라 뛰어갔다.

레나테는 문을 박차고 나가 주변을 살폈다. 언니는 이미 멀찍이 가 버렸다. 마음을 굳게 먹었는지 굳센 발걸음으로 성큼성큼 나아갔다.

"언니, 어디 가? 나랑 같이 가. 언니."

레나테가 소리를 쳤다. 땅에 넘어져 구르면서도 냉큼 일어나 계속 따라갔다.

"언니, 어딜 가는 거야. 대체 무슨 생각을 하고 있는 거야?"

"헤인츠 오빠도 리투아니아 가서 먹을 것을 가지고 왔는데 나라고 못 할 이유가 뭐 있어. 헬무트가 칭얼거리는 거랑 엄마가 짜증 내는 소리 도저히 못 참겠어. 이제 진절머리가 나."

브리기테는 걸음을 멈추지 않았다. 그리고 레나테도 부지런히 언니 뒤를 따랐다.

"언니, 나도 갈래. 나도 갈 거야. 나도 데려가."

언니는 그냥 앞으로만 걸어갈 뿐 아무 말도 하지 않았다.

길이 험해서 레나테가 따라가기가 힘들었다. 하지만 포기하지 않았다. 쓰레기 더미를 지나고 쇠로 된 울타리를 지나면 기차역이 멀지 않다. 아이들은 군인들과 눈이 마주칠까 앞만 보고 갔다. 군인들은 누구를 기다리는지 총을 몸에 기대 세우고 이상한 냄새가 나는 담배를 피우면서 웃고 있고, 대충 둘둘만 옷 보따리를 짊어진 어떤 여자들이 기차나 사람을 기다리는 듯 서 있었다. 철도원들이 망치로 두드려서 기차를 살펴보고 있었다.

여자아이들이 객차 하나를 지나 조금 더 올라가니 또 다른 기차가 보였다. 철길을 따라 지나갔다. 다른 여행객들이 보였다. 러시아에 있는 집으로 가는가 보다. 아마 리투아니아를 지나서 갈 것이다. 그들은 가방과 보따리를 들고 객차에 올랐다.

브리기테가 말했다.

"이 열차를 타면 우리가 가려는 곳으로 데려다줄 거야."

아이들은 주변을 둘러보다가 기차 옆을 따라가며 이리저리 찾았다. 브리기테가 문이 살짝 열린 객차를 발견했다. 다시 한번 주변을 살폈다. 브리기테를 따라 레나테가 힘들게 언니의 손을 잡고 안으로 들어갔다.

객차 안은 어둡지만 눈은 금방 익숙해졌다. 앞쪽에 짚과 건초가 쌓여 있고 곡식 알갱이 위로 말똥 몇 덩어리가 쌓여 있는 것을 보니 말을 싣고 가는 기차인가 보다. 브리기테가 짚 속에 몸을 숨겨야겠다고 말했다.

밖에 사람들 소리가 들렸다. 사람들이 러시아어로 이야기하고 웃고 있다. 사람들이 가까이 오는 소리를 들은 아이들은 가능한 짚 속으로 더 깊게 몸을 숨겼다. 갑자기 시끄러운 소리와 함께 객차 문이 열렸다. 빛이 쏟아져 들어오더니 군인들이 하나씩 객차 안으로 들어왔다. 전쟁에서 승리한 후 집으로 돌아가는 그들은 마냥 기쁘기만 했다. 레나테는 개구쟁이들처럼 서로 밀치고 서로의 등에 주먹질하는 군인들을 지켜보았다. 열 명쯤 되어 보였다. 밖에서 군인이 뭐라고 소리를 지르자 다들 심각한 목소리로 대답했다. 경례를 하는 사람들도 있었다. 객차 문을 완전히 닫지는 않았다. 서로 거리를 유지하며 객차 바닥에 앉았다. 발은 객차 밖으로 뻗고 술병을 열었다. 여행 짐을 바닥에 놓고 가방과 짐에서 먹을 것을 꺼내 먹는 사람들도 있고 어떤 이는 건초 위에 철퍼덕 내려앉아 하마터면 레나테의 몸에 닿을 뻔했다. 레나테는 숨도 참고 있었다. 군인들이 피우는 담배에서 나는 역한 냄새 때문에 숨을 쉬기도 어렵지만 군인은 아무것도 모르는 것 같았다. 피곤해진 그는 곧바로 잠을 청했다.

기차는 마침내 움직이기 시작했다. 군인이 옆으로 몸을 눕히자 건초 아래 뭔가 살아 있는 것이 만져졌다. 군인이 놀라 일어나 앉았다. 여자아이다. 레나테가 두려움에 가득한 눈을 크게 뜨고 쳐다보았다. 군인은 뭔가 이야기했지만 군인들이 자기를 발견한 것에 너무 놀란 레나테는 건초 더미에서 뛰쳐나와 문 쪽으로 달려갔다. 난데없는 상황에 군인들은 아이를 제대로 붙잡지도 못하고 레나테는 이미 속도가 붙은 기차에서 뛰어내렸다. 뛰어내린 아이를 향해 군인들이 러시아어로 소리를 질렀다. 이 난리를 보고 놀란 군인들 눈에 다시 브리기테가 들어왔다. 브리기테는 그들의 손에서 벗어나 동생을 따라가려 했지만 군인들이 놓아주지 않았다.

"겁내지 마, 왜 겁을 내. 우리 아무 짓도 안 할 거야. 그러다가 죽는다. 뛰어내리면 안 돼. 죽는다고."

"레나테, 내 동생."

브리기테가 소리를 쳤다.

"내 동생이에요. 저 좀 놔주세요, 놔주세요…."

"진정해라, 진정해. 그러다가 죽는다. 카풋, 카풋, 뛰어내리면 안 된다, 꼬마야. 우리 아무 짓도 안 할 테니까 겁내지 말라고, 겁내지 마. 그러다가 죽는다."

군인들이 브리기테를 못 가게 막았다.

브리기테는 잠잠해지고 기차는 더 빨라졌다. 살짝 열린 문으로 쳐다보니 저 멀리 뭔가 옷 보따리 같은 것이 보였다. 자세히 보니 동생 레나테다. 눈과 얼음 위에 가만히 누워 있었다. 죽은 것처럼 보였다.

레나테의 귀에 멀어져 가는 기차 소리가 들렸다. 천천히 일어났다. 관자놀이에서 작은 핏줄기가 흘렀다. 기차에서 뛰어내리면서 얼음 조각에 머리를 부딪혔다. 그래도 정신이 조금씩 들기 시작했다. 세상은 더 이상 돌지도 흔들리지도 않고 눈에 보이던 검은 점들도 사라졌다. 브리기테 언니는 이제 리투아니아로 가 버렸다.

기아와 추위는 사람들을 피괴하고 절망하게 만든다. 사람들은 아무런 희망도 없는 고철 덩어리처럼 변했다. 누구를 기다리지도 두려워하지도 놀라지도 않았다. 시간은 항상 똑같이 느리게 똑딱거린다. 사람들은 기계처럼 움직였다. 생각도 그렇다.

정말 죽어 버렸으면 좋겠어, 로테는 생각했다.

헬무트는 언제나 똑같이 먹을 것 타령하며 칭얼댔다. 칭얼대는 소리가 마치 송곳처럼 날카롭다.

“나 죽을래요.”

에바가 말했다.

“애들이 올 거예요, 이제 오고 있어요.”

로테가 한숨을 쉬며 말했다. 어디 멀리서 발소리와 함께 사람 목소리가 들렸다. 아이들이 정말 돌아오는 건가, 허기진 사람들의 청각은 벽 반대편에서 나는 소리도 들을 만큼 아주 민감해진다.

군인들이다.

문을 두드렸다. 그러나 그 문은 오랫동안 잠긴 적이 없다. 그저 문을 열고 안으로 들어섰다. 눈썹에 숱이 많고 볼이 빨간 장교가 다른 군인들 몇 명과 함께 들어왔다.

"어이, 거기 여자들. 이리 모여 봐요. 가진 거 다 챙겨서 떠날 준비를 하세요."

"어디로요? 우리 집을 두고 어딜 가요. 이 땔감 창고를 두고는 못 가요."

로테는 사람들이 뭐라 하든 어디로 가느냐고 계속 물었지만 대답은 들으나 마나다. 아무 쓸모가 없다. 그저 얼른 있는 거 다 챙겨서 모이라는 말만 반복할 뿐이다.

"우리 애들이 나갔어요, 딸들도 안 왔어요. 아이들 기다려야 해요."

에바가 말했다.

"아이들은 못 기다려요. 기다릴 시간이 없어요."

"우리를 어디로 데리고 가는 거예요?"

로테가 물었다.

"지금 사령부 앞으로 모이세요. 거기 모여서 전부 일터로 갑니다."

"일터요?"

"일을 하면 음식 배급표랑 빵을 받게 됩니다. 폭격 맞은 웅덩이랑 참호를 메꿔야 해요."

로테 고모와 그레테가 간첩처럼 호시탐탐 노리는 겨울을 견딜 수 있도록 해 주는 옷, 신발 들을 있는 대로 다 챙겼다. 쇠로 만든 난로를 가져가지 못하는 것이 아쉬웠다. 들고 갈 방법이 없었다.

"빨리 움직여요. 대체 얼마나 더 기다려야 하는 겁니까?"

장교가 신경질적으로 말했다.

마침내 그들은 밖으로 나갔다. 거기도 소란스러웠다. 러시아 여자가 키우던 소가 제대로 서 있지도 못했다. 우유도 나오지 않았다. 남자가 마당으로 소를 끌어내며 말했다.

"얼른 저 짐승 좀 쏴 버려요. 얼른 쏘라고요."

"밥 먹여야 하잖아. 봐, 밥을 안 먹이니까 어떻게 됐는지 눈하고 뼈만 남았잖아."

콧수염이 난 군인이 웃었다.

"사료도 없는데 대체 뭘 먹여서 키우냐고요. 얼른 쏘라니까요."

여자도 말했다.

군인이 조준을 하고 쏘았다. 총소리가 힘차게 울렸다. 그 짐승은 쓰러지더니 일어나지 않았다.

"적어도 고기는 먹을 수 있겠군."

소 주인이 말했다.

오토는 눈이 동그래서 죽은 소를 바라보았다. 그레테는 동생의 등을 떠밀며 서둘러 앞으로 향했다.

"오토, 얼른 썰매에 앉아."

군인들은 여자들과 아이들을 밖으로 내몰았다. 바람과 눈은 얼음처럼 차가웠다. 무너진 집의 잔해들, 불타 버린 외양간, 부서진 마차와 상자, 여행 짐, 부서진 유모차…. 그을음을 머금은 눈이 시커멓게 변했다. 검은 피나 끈적한 기름으로 물들었는지도 모른다.

길옆으로는 얼어 버린 시체가 있고 길에서 더 안쪽으로는 사람들이 통나무 위에 앉아 있었다. 아이들이 물었다.

"저 사람들은 왜 저러고 있어요? 누구 기다리는 거예요?"

로테가 말했다.

"그 사람들은 죽었어. 오도 가도 못 하고 저렇게 앉아 있다가 얼어서 죽은 거야."

로테와 그레테는 헬무트와 오토가 앉아 있는 썰매를 끌고 있고 엄마 에바는 그 뒤를 따르고 있었다. 눈이 감기고 다리는 나무처럼 뻣뻣해져서 걷기가 힘들었다. 추위와 기아가 거대한 쇠 벌레처럼 가슴속을 긁는다. 그저 죽고 싶다는 생각뿐이다.

레나테는 집을 향해 걸었다. 집에 가는 길 술 취한 군인들이 잡으러 달려들었지만 너무 취한 탓에 한 사람은 길 위에서 팔다리를 뻗고 넘어지고 그걸 본 다른 한 명은 웃었다. 싸움이 붙었다. 그저 이곳에서 빨리 사라지는 게 상책이다.

레나테는 허기지고 피곤한 상태로 집에 들어갔다. 바람이 들이쳤다.

한때는 집이었던 땔감 창고에는 사람이 한 명도 없었다. 엄마를 불렀다.

"엄마, 고모, 엄마, 고모."

안에 사람 흔적은 없고 싸늘하다.

레나테는 밖으로 나가 주위를 둘러보았다. 뚱뚱한 이웃집 아줌마가 커다란 고깃덩어리를 가지고 나오는 것이 보였다.

레나테는 식구들을 찾았다. 마당을 여기저기 찾아보고, 사람들이 떠나 버린 시장도 가 보고, 길을 건너다니다가 다시 집으로 돌아왔다.

무쇠 난로에는 불꽃이 탁탁거렸다. 레나테가 그 옆에서 몸을 녹이고 있다.

천 밑으로 몸을 들이밀자 바로 잠에 빠졌다.

레나테는 평화로운 날을 꿈꾸고 있다. 엄마는 여름 들판에서 웃으며 예쁜 책으로 레나테에게 읽기 공부를 시켜 주고 있다. 갑자기 구름이 몰려들었다, 엄마는 겁에 질렸다. 레나테는 왜 엄마가 그렇게 놀라는 건지 보고 싶었다. 하지만 엄마는 도리어 레나테의 고개를 돌리고 못 보게 했다. 우울함과 공포가 번진다. 책의 책장은 혼자서 넘겨지고 말라붙어 주름진 살처럼 구겨진다. 그 후 모든 것들이 조각조각 떨어지고 엄마의 얼굴은 왁스처럼 녹아내렸다….

헤인츠는 몹시 피곤했다. 먹지도 자지도 못했다. 걸음만 겨우 옮길 뿐이다. 작은 마을에 들어서니 시장이 보였다. 아주 즐거워 보이는 농부 한 명이 헤인츠의 눈길을 사로잡았다. 사람이 좋아 보였다. 가까이 가서 빵을 달라고 말을 붙였다. 농부는 빵이랑 독주를 건넸지만 마시지 않았다. 헤인츠는 혹시 집에서 일할 사람이 필요하지 않느냐고 물었다. 남자는 감자 가마니를 들어 보라고 했다. 헤인츠는 무척 지치고 기진맥진했지만 가마니를 들어 올렸다.

"들어 봐, 들어 봐, 들어 봐, 들어 봐."

아이를 응원하는 듯 기쁘게 손뼉을 치면서 계속 말했다. 아이가 머리 위로 가마니를 들어 올리자 농부는 연신 브라보를 외쳤다. 어떤 여자가 무엇엔가 놀라서 뒤를 돌아보고는 성호를 긋고 멀리 사라졌다.

"좀 기다려 봐. 감자를 다 팔고 나면 같이 집에 가자. 우리 집에 너 같은 일꾼이 필요해. 세상에나, 이렇게 힘 좋고 착한 일꾼을 찾고 있었는데 집에 데리고 가면 마누라가 기뻐서 춤을 추겠군. 나랑 같이 가자. 잘 참아 낼 자신 있지? 우리 집 가면 할 일이 천지다. 천지고 말고. 항상 남자 구실 제대로 하는 남자애가 필요했는데 이제부터 넌 우리 집 일꾼이다.”

이제 두 사람은 장사를 시작했다. 헤인츠는 시키는 대로 감자를 집어 주었다. 농부는 계속 독한 술을 마시고 적잖이 취해 있다. 가끔 무슨 노래도 흥얼거리고 이야기도 주절대지만 아이는 리투아니아어를 거의 모른다.

감자를 다 팔고 나니 남자가 노래를 부르며 집으로 향했다. 그런데 마차 위에 누워서 가죽을 덮었다. 아이는 놀랐다. 말이 어디로 갈 줄 알고 저러는 걸까? 농부는 말이 알아서 갈 거란다.

아이는 마차에 앉았다. 어딘가로 가고 있는 군인들이 헤인츠를 이상한 눈으로 쳐다보았다. 농부는 잠에 빠졌다.

헤인츠와 농부가 탄 마차는 숲길을 따라가고 있다. 길은 계속 앞으로 뻗어 있고 안개가 땅을 덮었다. 한동안 지나왔던 마을이 끝나자 말은 주저하지 않고 오른쪽 길로 접어들었다, 길은 숲속 깊은 곳으로 들어갔다.

숲은 정말 조용하다. 헤인츠는 문득 생각했다. 물속 깊은 곳에서나 느낄 수 있을 법한 고요함이다. 머리 위로 어치 두 마리가 총알 같은 소리를 내며 앞서거니 뒤서거니 날아갔다. 실수로 가지가 늘어진 소나무 위에 앉으니 눈이 밀가루처럼 떨어졌다. 아이는 예상치 못한 일에 몸이 움츠러들고 겁이 났다.

하지만 말은 여전히 똑같은 속도로 걸음을 이어 갔다. 가끔 농부의 코 고는 소리가 들렸다. 이런 상황에서도 태평한 농부가 무척 이상했다.

한참 후 조용한 길은 다시 작은 길로 여러 차례 꺾이고 소나무 가지로 덮인 길에 접어들자, 주변은 더 어두워져 아이는 겁이 났다. 그렇지만 원래 아무것도 겁낼 게 없는 곳이니 저리 천하 태평하게 잠을 자겠지 하고 마음을 굳게 먹었다. 이제 숲의 나무들이 드문드문 줄어들었다. 농장을 몇 개 지났다. 그런데 사람은커녕 개미 한 마리 안 보였다. 모두 죽은 것 같다. 단지 솔잣새가 가끔 가느다란 소리로 울거나 멀리서 검은 까마귀의 꺼억꺼억 하는 소리가 힘차게 울려와 마음이 놓이기도 했다.

눈으로 뒤덮여 델그르르 소리를 내며 흐르는 강을 건너자 말은 아무런 지시도 하지 않았는데 그 자리에 섰다. 소년은 어떻게 해야 좋을지 난감했다. 숲으로 둘러싸인 웅덩이 같은 곳에서 한참을 서 있어야 하는 것인가? 하지만 아이가 생각을 정리하기 전에 남자가 일어났다. 이상한 소리를 내며 마차에서 내려 입에서 연기를 한껏 뿜으며 만족스러운 얼굴로 길가에서 오줌을 누었다. 농부는 팔을 한 번 쭉 뻗고 하품을 하고 바지를 정리한 후 뒤로 돌아서 다시 마차에 올라 즐거운 마음으로 길을 떠날 준비를 했다. 그런데 농부는 마차 위에 앉아 있는 아이를 놀라서 쳐다보더니 몸이 굳었다. 헤인츠는 무슨 일이 났는가 싶어 농부를 바라보았다.

"너 여기서 뭐 하니? 마차에서 뭐 하는 거냐고?"

헤인츠는 독일어와 리투아니아어를 섞어 가며 설명을 했다. 농장에서 일을 시키려고 데리고 오지 않았느냐고.

"무슨 농장, 우리 집엔 일꾼 필요 없어. 전부 우리끼리 다 한다고. 말도 안 되는 일이구먼. 어린아이를 뭐 하러 일꾼으로 들여?"

"그런데 아저씨가 그러라고 한 거잖아요. 일꾼 필요하다면서요. 내가 일 잘할 같아서 마음에 드신다고 그랬잖아요."

"아니야, 아니야. 난 일꾼 필요 없다. 너 같은 애는 써서 뭐 하니. 얼른 마차에서 내려. 너 데려가면 마누라에게 호되게 혼난다. 너랑 나 둘 다 쫓겨나."

이 상황이 믿기 힘든 헤인츠는 농부가 무언가 잘못 알고 있음을 깨닫고 우선은 마차에서 내렸다. 하지만 다시 마차에 타서 같이 가자는 말을 할지 모른다는 기대를 갖고 마차 옆에서 서성거렸다. 하지만 그런 말은 없다. 거기 서라는 말도 하지 않았다, 같이 가자는 말도 하지 않았다. 아이는 같이 가고 싶다는 눈길을 보냈지만 술 취한 농부는 뭐라 중얼거리며 머리 위로 채찍을 둘러쳤다. 술 취해 있는 동안 독일 꼬마를 데려가 일꾼으로 삼으라고 누가 장난이라도 친 건지 상황을 믿을 수 없다는 듯 고개를 흔들었다. 채찍 소리가 강하게 울리면서 말 잘 듣는 짐승이 끄는 마차 바퀴가 앞으로 굴러갔다.

사람의 손이 닿지 않은 숲 한가운데서, 끝이 없는 겨울 한가운데서 대체 무엇을 어떻게 해야 할까.

어둠이 천천히 내려앉는다. 나뭇가지와 길가에 내린 눈은 푸르스름해진다. 깊은 숲으로 들어갈수록 사방이 검은빛이다.

소년은 숲 가장자리를 따라 걸었다. 고독, 불안, 희망이 없는 현실이 거대한 눈송이가 되어 머리 위에 떨어진다. 아이들 손바닥만 한 커다란 눈송이가 부드럽고 연약한 솜 덩어리처럼 쏟아진다. 헤인츠는 더 이상 어디에도 가고 싶은 의욕이 없다. 그저 눈 덮인 땅 위에 누워 눈에 덮인 채 영원히 잠들고 싶다. 하지만 소년은 여기서 잠이 들면 다시는 깨어날 수 없을 거라는 사실을 잘 안다. 죽는 것은 두렵지 않지만 엄마와 레나테, 헬무트, 모니카와 브리기테가 굶주림과 싸우면서 자신이 돌아오기를 손꼽아 기다리고 있을 것이다. 헤인츠는 어떤 일이 있어도 꼭 돌아가야 한다.

아이는 변함없는 발걸음으로 계속 나아갔다. 이미 날은 어두워졌고, 무섭다. 그런데 갑자기 무언가 반짝거리는 게 보였다. 저 멀리서 작지만 밝은 불빛이 반짝였다.

헤인츠는 마지막 힘을 다해서 불빛을 향해 갔다. 그 빛은 꺼졌다가 다시 켜졌다. 숲이 가로막고 있긴 하지만 나무들이 이 비밀스러운 등대를 숨기고 있는 것 같다. 마침내 그곳에 닿았다. 그것은 헤인츠가 예상했던 모닥불은 아니었다. 숲속에서 어둑어둑하게 보이는 집 창문에서 새어 나오는 램프 불이었다. 검을 정도로 어두워진 집은 기괴하고 음산했다. 창문도 하나밖에 없었다. 그 창문을 닫아서는 안 되는 모양이다.

소년은 혹시 집을 지키는 개가 어디엔가 묶여 있지는 않은지 조심스럽게 들어갔다. 보아하니 개는 없는 모양이다. 아이는 창문으로 가까이 다가가 틈으로 안을 들여다보려고 했지만 창문이 얼어붙어 있어서 아무것도 볼 수가 없었다.

가만히 소리를 들었다. 목소리랑 웃음소리가 들리는 거 같았다. 아이는 문에 다가가 두드렸다.

아무도 문을 열어 주지 않자 헤인츠는 이번에는 좀 더 세게 문을 두드렸다.

발자국 소리와 함께 남자의 화난 음성이 들렸다.

“누구야?”

“길을 잃어버렸어요, 도와주세요.”

몇 초가 기다릴 수 없을 만큼 길게 흘렀다. 여기서 누군가 문을 열어 줄 거라는 희망이 전혀 보이지 않았다. 그런데 누군가 문의 격자를 푸는 소리가 들렸다.

“왜 그러는 거야?”

턱수염 난 남자가 물었다. 램프를 손에 들고는 아이의 얼굴을 비추었다.

“길을 잃어버렸어요, 도와주세요.”

남자가 밖으로 걸어 나와 아이가 정말로 혼자 왔는지 확인하려는 듯 주위를 살펴보며 말했다.

"들어와."

헤인츠가 문턱을 넘자 그 남자는 다시 격자를 걸어 잠갔다. 현관에는 담배 냄새가 자욱했다. 남자가 방문을 열자 담배 연기 때문에 눈이 따끔거렸다. 온 세상이 담배 연기 속에 파묻힌 것 같았다. 마치 연기구름 속에 들어와 있는 것 같다.

아이는 문턱을 넘어와 자리에 섰다.

커다란 책상 주변으로 일곱 명의 남자들이 앉아 있었다. 모두 고개를 돌려 조용히 헤인츠를 쳐다보았다.

벽에는 연기로 그을린 그림 안에서 성 유르기스가 용에게 창을 꽂고 있다.

"여긴 뭐 하러 왔니?"

벽 앞에 앉아 있는 머리가 긴 남자가 물었다. 그림의 딱 가운데 자리에 앉아 있는 남자였다.

"길을 잃어버렸어요, 배가 고파요. 저 좀 불쌍히 봐주세요. 배가 고파요. 너무 추워요."

아이가 조용히 리투아니아어로 말했다.

"여기 먹을 거 없다. 이거나 마셔라."

남자가 이렇게 말하고는 책상 위 보드카가 채워진 잔을 밀었다.

"여기 못 있는다. 이거나 마시고 얼른 나가. 몸이 따뜻해질 거다."

남자가 술을 권했다. 헤인츠가 다가와 잔을 들고는 뭔가 결심한 듯 술을 바닥까지 비웠다. 기침이 나고 맛도 고약했다. 목이 타들어 가고 숨을 쉬기가 어려웠다. 남자는 아이를 보면서 아무런 말도 하지 않았다. 길고 불편한 정적의 시간이 흘렀다. 헤인츠를 집으로 데리고 들어온 남자가 아이의 어깨를 주먹으로 가볍게 두드렸다.

"이제 가라, 얼른 나가. 여기는 있을 데가 아니다. 나가서 우리 봤다는 것도 싹 잊어버려야 된다."

헤인츠는 다시 밖으로 나왔다. 여전히 춥지만 보드카 때문인지 속은 따뜻했다. 머리가 어지럽다. 헤인츠는 이 오두막에서 최대한 멀리 가려는 듯 그냥 걷고 또 걷기만 했다. 다리는 길을 잃지 않으리라는 생각 하나만으로 주인의 통제가 필요 없는 기계처럼 움직였다.

마침내 작은 오두막들이 눈에 들어왔다. 엔진 소리도 낮게 들린다. 자동차의 불빛이 곧장 아이의 눈에 내리꽂혔다. 아이는 더 이상 졸음과 싸울 수가 없었다. 세상이 빠르게 움직이면서 자리에서 맴돌았다. 털썩 주저앉아 잠에 빠져들었다.

레나테는 마을을 배회하고 있었다. 시장에 들어서니 얼마 전 자기에게 빵을 주었던 노인 라폴라스가 보였다. 다시 다가가서 사정을 하니 이번에도 빵 조각을 건네주었다.

라폴라스는 나이는 들었지만 아주 이상한 사람이다. 웃다가 갑자기 놀란 표정을 짓다가 다시 우울해진다. 그런 모습을 보면 조금 겁이 나긴 하지만 뭐 어쩌겠는가.

레나테는 리투아니아에 가고 싶었다. 노인은 춤을 추면 리투아니아에 데려다주겠다고 말했다. 사람들이 보는 앞에서 레나테가 춤을 추었다. 라폴라스가 웃었다. 어디선가 라폴라스의 부인이 돌아왔다. 부인에게 이 꼬마가 리투아니아에 가고 싶어 한다고 말했다. 부인은 레나테가 마음에 들었다.

라폴라스와 늙은 여자, 레나테는 같이 마차를 타고 갔다. 노파가 레나테에게 리투아니아 말을 가르쳐 주었다.

"너는 이제부터 이름이 마리테다."

레나테는 그 말을 되뇌었다.

"내 이름은 마리테예요."

노인 여자는 군인들이 독일 사람인지 확인할지도 모르니

꼭 기억해 두라고 말했다. 레나테는 오늘 처음 들어 본 말을 잊지 않으려고 애썼다.

네무나스강 다리를 건넜다.

군인들이 마차를 세우고 혹시 독일 아이가 있는지 물었다.

"내 이름은 마리톄예요."

레나테가 반복했다.

노인이 '세금'을 치르자 길을 열어 주었다. 그런데 갑자기 건초 속에서 자명종이 울렸다. 정말 귀한 자명종 말고도 몰래 숨겨 온 다른 물건도 발견한 군인들은 늙은이의 몸을 후려쳤다. 마음에 드는 것을 몽땅 가져갔다. 그러고 나서야 가도록 허락해 주었다.

다리를 건너 한참을 간 후에 마차가 멈췄다. 늙은이는 만약에 레나테가 없었더라면 문제없이 다리를 건넜을 텐데 이게 다 계집애 때문이라며 고함을 쳤다. 그리고 리투아니아 땅에 들어왔으니 얼른 내리라고 호통을 쳤다.

레나테는 마차에서 내려 들판 한가운데 혼자 남겨져 서 있었다. 마차가 조금 앞으로 가더니만 다시 자리에 섰다. 아마 부인이 남편을 설득했나 보다.

늙은 여자가 아이를 불렀다.

레나테는 마차를 향해 잽싸게 뛰어갔다.

레나테가 마차에 올라타자 점차 멀어졌다.

어두움, 어두움, 어두움.

이 어두움이 참으로 길기도 하다. 칠흑 같은 어두움 속에서 여자가 부르는 아름다운 노랫소리가 들렸다. 내용을 이해하긴 어렵지만 아무튼 엄마의 노래다.

헤인츠가 눈을 떴다. 밤새 땀을 흘렸는지 머리카락이 목에 엉겨 붙었다.

주위가 온통 환했다. 헤인츠는 하얀 침대에 누워 있었다.

헤인츠는 아름다운 노래를 흥얼거리며 창가에 서 있는 어떤 여자를 보았다. 하얗고 투명한 커튼이 걸린 창문 너머 빛이 꽃잎처럼 떨어지고 있었다.

엄마라는 생각이 들었다. 그동안 겪은 모든 것이 악몽일 뿐이라는 생각이 들었다.

입술이 붓고 열이 끓지만 웃으며 엄마를 불렀다.

"엄마… 엄마…."

여자가 고개를 돌린다, 웃고 있다.

헤인츠의 눈에 절망과 실망이 서렸다. 엄마가 아니다.

엄마 얼굴이 사라지고 낯선 사람의 얼굴이 나타났다.

아름다운 여자가 부드럽게 웃고 있다. 그렇지만 엄마는 아니다.

낯선 여자일 뿐이다.

빛의 색깔도 바뀐다. 주변이 갑자기 회색빛으로 변했다. 이제 현실 세계로 돌아온 것이다. 여자가 러시아어로 말했다.

"알렉세이, 일어났어… 깨어났어. 아이가 깨어났어."

헤인츠는 공포와 실망에 몸부림치다가 소리 지르고 싶어졌다. 베개를 움켜쥐고 힘없이 침대를 내리치며 몸부림쳤다.

여자는 놀랐다. 아이가 있는 침대로 얼른 달려와 아이를 안고 달래 주었다.

"그러지 마라, 너는 아프단다. 그러지 마라, 얘야. 여기선 아무도 너를 해치지 않을 거야."

여자가 지르는 소리에 놀란 붉은 군대 장교가 한달음으로 방에 들어왔다. 멋지지만 어딘가 불편해 보였다. 근엄해 보였지만 나름 지성적으로 보이는 얼굴이었다. 아마 군인 가문에서 태어난 듯하다.

여자는 군인의 부인으로 이름은 알료나였다. 아이를 임신했다고 독일어로 통역해 주었다. 임신 8개월째라고 했다.

알료나가 헤인츠의 머리를 쓰다듬었다. 헤인츠는 계속 횡설수설했다. 아직 잠이 덜 깬 모양이다.

"저 아무 짓도 안 했어요. 그냥 집에 보내 주세요…."

겁먹은 아이의 눈이 날카로운 장교의 눈과 마주쳤다.

"알료나, 내가 재 독일 아이라고 했잖아요."

"아직 아이잖아요. 그리고 아픈 아이라구요. (헤인츠에게)

걱정하지 마, 예쁜 아가. 가만히 있으렴. 이 아저씨는 알렉세이야."

알료나는 아이를 품에 안고 쓰다듬었다. 머리를 만져 주자 마음이 평안해졌다. 엄마를 닮은 이 마음 착한 여자는 왠지 믿어도 될 것 같았다.

리투아니아의 작은 마을, 구석진 거리, 지나가는 사람도 거의 없다. 초저녁이다.

레나테는 낯선 음악에 맞추어 춤을 추고 있다. 라폴라스가 빗을 물고 음악을 연주하고 있었다. 그들은 집에서 짠 바구니를 팔고 있다. 레나테 발밑에는 잔돈만 몇 개 들어 있는 모자가 놓여 있다.

레나테는 눈 밑이 검고, 옷엔 땟국물이 가득하다. 노인은 처음 들어 보는 노래를 신나게 연주하고 있지만 바구니를 사겠다는 사람은 아무도 없다.

나이가 든 할머니가 지나갔다. 춤추는 여자아이와 정신 나간 노인을 연민의 눈으로 한참 번갈아 바라보았다. 여자는 지갑에서 잔돈을 찾아서 모자 안으로 던졌다.

늙은이는 만족한 듯 누런 이를 드러내며 웃었다.

"감사합니다, 친절하신 부인. 저희가 건강하시라고 대신 기도해 드릴게요. 얼른 저 부인께 고맙다는 말 안 해? 오신 김에 좀 골라 보세요. 작은 것부터 큰 것까지 다 있어요. 저희가 직접 손으로 짠 거예요. 밖에 나갈 때 가져 나가시든지, 뭘 담으시든지, 그냥 장식용으로 집에 두셔도 돼요. 뭐든 잘 어울린

답니다."

여자는 바구니를 집어 이리저리 살폈다. 금방 자리를 뜰 것 같지 않았다.

"바구니가 나쁘진 않네요. 그런데 여기 담을 게 없는데… 담을 만한 것이 없어요."

여자는 그냥 가 버렸다. 노인은 성난 눈으로 레나테를 바라봤다.

"내가 너를 여기에 뭐 하러 데리고 왔는데! 불쌍한 눈으로 좀 쳐다봐. 여자들 팔에도 끼워 주면서 좀 사라고 해 보라고… 내가 주는 빵이나 처먹고 아무런 일도 안 하니…."

라폴라스는 레나테의 앞머리를 쥐어박았다. 레나테는 할아버지에게 맞지 않으려고 재빨리 뒤로 몸을 뺐다. 두 사람은 화가 난 사나운 눈으로 서로를 째려보며 서 있다.

"바구니 들어, 집에 가게."

길고 좁은 길, 눈이 쌓인 들. 길은 나무들이 울창하게 서 있는 숲속으로 사라진다. 태양은 저녁을 향해 굴러가다가 숲 뒤에 숨는다. 밝고 붉은 태양, 내일도 추울 것이다.

텅 빈 겨울 길을 따라 마치 이 세상 존재가 아닌 것처럼 이상한 모습으로 두 사람이 걸어온다. 라폴라스와 레나테다. 팔지 못한 바구니를 등에 잔뜩 이고 숲으로 향하는 얼어붙은 길을 따라 느릿느릿 걸어오고 있다.

레나테가 한참 뒤처져 있다.

그들은 박자를 맞추는 듯 힘겹게 숨을 쉬고 있다. 숨을 내쉬면 연기가 덩어리가 되어 뿜어져 나온다.

그들은 점점 멀어진다. 그리고 작아진다.

레나테와 라폴라스가 밥을 먹고 있다. 무슨 죽 같은 것을 마시다시피 먹는다. 할머니는 일어나지 않았다, 병이 들었다.

레나테는 숟가락으로 할머니에게 밥을 먹였다. 엄마가 불러 주던 자장가를 불러 주기도 했다.

레나테가 장작을 날랐다. 라폴라스는 아내가 죽었다고 말했다.

"난 사람들을 좀 데리고 올 테니 넌 혼자서 놀고 있거라."

노인은 밖으로 나갔다.

레나테는 죽은 노인의 시신과 단둘이 남아 있다. 죽은 사람을 한두 번 본 것이 아니니 죽음이 무섭지는 않지만 어둠은 두렵다.

할아버지는 아직도 돌아오지 않았다.

혼자서 그림자로 동물놀이를 하다 보니 이상한 소리가 들렸다. 창문이 떨리고 굴뚝으로는 바람 소리가 새어 나오고 멀리서는 무언가가 우는 것 같다.

레나테는 겁을 먹지 않으려고 죽은 이가 누워 있는 침대에 올라 시신을 쓰다듬고 조용히 노래를 흥얼거리다 잠이 들었다.

레나테는 꿈을 꾸었다.

여름이었고 엄마와 함께 있다. 그림자가 걷히자 아빠 모습이 보인다. 아빠를 부르다가 불현듯 쳐다보니 머리가 없다.

집 안으로 들어온 사람들이 레나테를 깨웠다. 라폴라스 할아버지가 부른 사람인지는 잘 모르겠지만 여자아이가 시신을 끌어안고 자는 것을 본 사람들은 기가 막혔다.

레나테는 무슨 일이 일어나는지 의아했다. 누군가 초를 켰다.

라폴라스가 나타나더니 레나테를 밖으로 내쫓았다. 이미 부인이 죽었으니 돌봐 줄 사람도 없는 것이다.

레나테는 혼자서 텅 빈 거리를 걷는다.

밤이 깊어졌다. 군인과 그의 아내가 사는 집이다.

헤인츠는 별과 달을 쳐다보았다. 그러더니 문을 열고 부엌으로 들어가 어둠 속에서 무언가를 뒤졌다. 빵도 있고 감자도 있고 먹을 것이 더 있다. 훔칠까 했는데 마음을 바꿔 먹었다.

다른 방에서 무슨 소리가 들리는 것 같다.

그 방에서 조용히 음악 소리가 들렸다.

현관으로 가 보니 침실로 가는 방문이 살짝 열려 있다.

알렉세이 옆 하얀 침대에 누워 있는 알료나가 보였다. 어디선가 가져온 전축에서 사람들이 좋아하는 희극 오페라인지 오페레타인지 독일 아리아가 흘러나왔다.

눈이 녹기 시작한다. 고드름에서 물방울이 떨어졌다.

헤인츠가 정신을 좀 차리고 침대 끄트머리에 앉아 군인 차가 다니고 군인들이 행진하는 거리를 바라보면서 알료나가 군인에게 하는 이야기에 귀를 기울이고 있다.

"전쟁이 끝나서 얼마나 다행인지 모르겠어요. 우리 아이도 태어나면 평화롭게 살 수 있겠지요? 생각해 봐요. 거대한 평화가 세상을 감싸고 있잖아요. 이제 아무도 안 싸우고 누구도 피를 흘리지 않을 거예요. 당신은 그게 정말 믿어져요?"

"저 집에 가야 해요. 엄마랑 동생 헬무트랑 남매들이 저를 기다리고 있어요. 굶어 죽고 있어요. 사람들이 죽을까 봐 너무 겁나요."

"아니야, 아무도 안 죽어. 평화가 왔어. 이제 세상이 완전히 바뀔 거야. 우리가 먹을 거 많이 넣어 줄게. 가방이 꽉 차게 해 줄게. 알렉세이가 너를 역까지 데려다줄 거야. 너한테 통행증도 써 줄 거야. 그럼 아무도 너를 막지 못할 거야."

그리고 그들은 모차르트를 들었다. 어제 들었던 그 노래다.

그들은 언덕 위에 높게 지은 집 옆에 앉아 세상을 바라보았다. 저 아래 세상은 잘 굴러다닌다.

알렉세이가 헤인츠를 역으로 데려다주었다.

알렉세이는 아이를 기차에 앉히고 철도원을 불러 아이가 내려야 할 곳까지 잘 보살펴 달라고 부탁했다. 만약을 대비해서 무슨 쪽지 한 장을 쥐여 주었다. 통행증인가 보다.

기차가 움직였다. 군인의 얼굴에서 번져 나오는 표정은 얼핏 이해하기가 힘들었다. 아이가 가여운 건지 아니면 완전히 다른 감정인지. 어쩌면, 싫은지도 모르겠다. 모든 독일 사람들이 다 그렇듯이.

봄이 오고 있는 리투아니아의 들판에서 기차가 연기를 뿜고 지나간다.

커다란 지렁이 같은 무쇠 기차가 연기와 불꽃을 뱉으며 먼 곳에서 모습을 드러냈다. 기차는 잠시 멈춰서 등에 방수포 가방을 멘 아이 하나를 뱉었다. 아이는 기차가 완전히 서기도 전에 얼어붙은 시멘트 바닥에 발이 닿았다. 헤인츠는 뒤를 돌아보고, 위를 쳐다보았다. 기관사는 없다. 아마 기차를 세우는 데 필요한 레버를 맞추러 갔나 보다. 뒤돌아보다가 기차를 기다리고 있는 러시아 군인들과 몸이 부딪힐 뻔했다. 미끄러질 뻔했지만 용케 일어섰다. 우연히 방으로 날아든 새처럼 심장이 두근두근 뛰었다. 누군가가 알아듣지도 못하는 말을 해 댔다. 어쩌면 조심성 없는 녀석이라고 나무랐을지도 모른다. 그래도 헤인츠는 멈추지 않았다. 이미 검게 변해 버린 눈을 밟으며 오른쪽으로 돌아 넘실거리는 어둠 속으로 서둘러 들어갔다.

따라오는 사람은 아무도 없다. 군인들은 여전히 승강장에 있다. 사람들로 가득 차 있지만 아이에게 관심을 갖고 뭐라 하는 사람은 한 명도 없다. 알렉세이가 써 준 종이를 만져 보았다. 통행증이라고 하는 그 종이에는 읽을 수 없는 러시아어만 잔뜩 쓰여 있다. 어쨌든 가슴에 안고 있으니 든든하다. 두려움이 사라진다.

이제 역 입구를 빠져나가는 것이 중요하다. 나가면 바로 작은 도랑과 울타리가 나올 텐데 거기만 지나면 어렵지 않을 것이다. 무엇보다 포기하지 않는 것이 중요하다. 너무 서둘러서도 안 되고 누구하고도 눈을 마주치면 안 된다. 사람들은 짐승들과도 같다. 눈이 마주치면 기다리지 않고 바로 공격하려 든다. 그들은 개나 늑대와도 같다. 절대로 눈을 보아서는 안 된다. 만약 그들이 눈길 깊은 곳 맨 밑바닥에서 "살려 주세요, 저를 죽이지 마세요, 내 빵을 가만히 놔두세요. 절 좀 가만히 놔두세요, 전 아무 짓도 안 할 거에요."라고 말하는 것을 보면, 겁을 내고 있는 것을 보면, 최악의 경우 눈에 두려움이 반짝하면 공격하라는 신호와도 같은 것이다. 아무도 자비심을 갖지 않을 것이다. 빵을 빼앗을 수 있는 기회를 놓치지 않을 것이다. 엄마, 로테 고모, 레나테, 모니카에게 주려고 힘들게 얻어 온 빵이라도 개의치 않을 것이다. 무엇보다 왠지 가장 배고픔으로 허덕일 것 같은 헬무트가 제일 걱정된다. 모든 사람에게 고통의 강도가 같지는 않다. 고통을 잘 참는 사람들도 있겠지만 헬무트는 아니다. 헤인츠는 혹시라도 자기를 잡아갈 사람은 없는지 주변에서 나는 소리를 귀를 쫑긋 세우고 들었다. 새들이 속 깊은 곳에서부터 울어 대는 소리와 멈출 줄 모르고 쿵쾅쿵쾅 뛰고 있는 심장 소리가 들렸다. 그 힘들게 내뱉은 숨과 심장 소리가 모든 것들의 목을 조른다.

순간 누가 헤인츠의 손을 잡았다. 헤인츠는 몸을 돌리려 했지만 그 남자는 공격을 멈추지 않았다. 계속 무언가를 말하고 있는데 눈동자는 병에라도 걸린 것처럼 흐릿하게 빛났다. 팔이 하나밖에 없는 그 사람은 무언가를 달라고 했다. 물론 가방이랑 그 안에 든 빵을 탐내는 것이겠지만 빵은 절대 안 된다. 노인은 헤인츠를 강하게 사로잡고 목을 조르고 가방을 뺏으려고 했다. 아이는 아랑곳하지 않고 냄새나는 못생긴 노인의 손을 물었다. 몸을 돌려 노인을 땅으로 밀었다. 노인의 품속에서 벗어나 고개를 흔들었다. 손으로 뿌리치고 다시 일어나 뛰다가 뒤를 돌아보았다. 외팔 노인이 여전히 쫓아서 뛰어오고 있었다.

"너 내 아들 해라. 너 이제 내 아들이다."

불쌍한 남자가 고래고래 소리를 질렀다. 굶주림에 시달리는 그 남자의 목소리는 밤하늘을 찢어 놓았다. 그의 날카로운 목소리가 어두움의 장막을 찢었다. 그는 여전히 아들을 외치고 있다. 갑자기 서 있는 기차 밑으로 들어갔다. 그러더니 어둠 속에서 러시아 사람들이 불을 환하게 켜 놓은 관할지 안으로 뛰어들어 갔다. 거기 서라고 외치는 소리를 들었지만 그럴 수가 없었다. 외팔이 남자는 여전히 헤인츠를 쫓고 있었다. 미친 남자는 밝은 곳으로 나와 얼어붙은 듯이 꼼짝 않고 서서 하얀 입김을 내뿜었다. 그의 눈에는 공포가 가득 차 있었다. "멈춰." 누군가 외쳤고 총성이 울려 퍼졌다.

뒤에서 날아온 총알이 휘파람을 불며 헤인츠의 머리를 지나 미친 남자의 가슴에 박혔다. 총알이 그의 몸을 어두워지는 밤과 함께 꿰매어 버렸다. "아들"이란 말도 그의 입술에서 죽어 갔다.

헤인츠가 흙이 파인 구덩이 안으로 넘어졌다. 고양이가 울타리에 난 구멍을 통과해 지나간다. 가시철망에 뺨이 긁히고 방수포 가방이 가시철망에 걸렸다. 그러나 아이는 아랑곳하지 않고 얼굴을 찌푸리며 팔을 꺼내고, 가방을 끄집어내 먼 곳을 향해 달렸지만 다시 검게 쌓여 있는 눈 위에 주저앉았다. 숨 쉬는 소리와 심장 소리 외에는 아무 소리도 들리지 않았다.

헤인츠는 겨우 숨을 고르고 집중해서 밤이 전해 주는 소리를 들었다. 그 미친 남자는 당연히 따라오지 않았고, 군인들 소리도 들리지 않았다. 개를 풀어놓지도 않은 것 같다. 어딘가 먼 곳에서 총소리가 딱 한 번 탕 하고 울렸다. 어딘가에서 슬픈 노랫소리가 들렸다. 내용을 알지 못하는 노래는 끝도 없이 이어졌다. 어쩌면 가사 없는 노래이거나 벌판에서 부는 바람 소리이거나 먼 곳에서 짐승처럼 짖어 대는 적들의 울음소리일 수도 있다.

헤인츠는 얼굴을 만졌다. 피가 흐르는 것 같다. 다친 손바닥이 따가웠다. 가방을 끌어당기고 몸을 옆으로 눕혔다. 습기가 느껴졌다. 눈 때문에 흠뻑 젖었다. 겨울의 노인처럼 축축하게 녹는다. 가방을 꼭 안고 주변에 아무 소리도 안 나는지 확인해 보고 가야겠다고 마음먹었다.

천천히 일어났다. 포기하면 안 된다. 환하게 불이 켜진 곳으로 뛰어들어 가면 안 된다. 선로를 지키고 있는 군인들이 헤인츠를 찾고 있는지도 모른다.

헤인츠는 어둠 속이지만 어렵지 않게 길을 찾았다. 그러나 보통 사람 같으면 여기가 어딘지 알아차리기 쉽지 않았을 것이다. 건물 타일들과 회반죽용 반죽이 쌓여 있던 곳은 비행기 폭격을 맞아 거대한 구덩이가 되어 있었다. 하지만 헤인츠는 여기에 한두 번 와 본 게 아니었다. 집이 근처에 있다. 집에 가고 싶다. 집이 자기를 기다리고 있다는 것도, 배고픔이 어떤 것이라는 것도 잘 알고 있다.

마침내 헤인츠는 오래되어 잔해만 남은 농장에 도착했다. 헤인츠는 귀를 쫑긋 세우고 주변에서 나는 소리를 들었다. 멀리 어딘가에서 적들의 개가 사람을 물어뜯는 훈련을 하는 소리가 들렸다. 개들이 누군가를 공격하고 있었지만, 그들이 너무 멀리 있었으므로 누구인지 걱정할 건 없었다.

겨울은 이제 물러갈 만큼 오래 있었고 눈은 검게 변했다. 하늘은 공허하다, 어쩌면 하늘이란 없는지도 모른다. 고통스러운 어두움 외에는 쳐다볼 수 있는 것이 없으니 말이다.

헤인츠는 마당에 들어섰다. 아이의 심장이 차가운 공포와 불길한 예감이 고여 있는 망망대해로 들어가는 것 같았다. 온몸에 소름이 돋는다. 땔감 창고의 문, 창고의 문, 모두 열려 있다. 정말 엄마와 형제와 자매를 여기에 놔두고 나왔단 말인가? 여기가 맞다. 여기가 그들이 살던 집이다. 헤인츠는 문을 활짝 열고 눈을 멀게 하는 어두움 속으로 들어섰다.

고요하다.

집 안이나 바깥이나 추운 건 매한가지다. 난로를 지핀 지

오래된 모양이다. 물을 끓여 마신 흔적이 없으니 차를 마셨을 리도 없다. 이렇게 텅 비어 있다는 게 믿기지 않았다. 오직 밤과 남겨진 물건의 윤곽들만 남아 있다.

"엄마… 엄마…."

소년이 소리를 죽여 불러 보았다. 엄마가 어디엔가 숨어 있을지 모른다. 여기 추위에 농간당하는 공간에 있으면서도 아들을 놀래켜 주려고 일부러 몸을 숨긴 건지도 모른다. 시간이 좀 지나면 엄마와 다른 식구들이 숨어 있던 곳에서 큰 소리로 인사를 하며 나올 것이다. 그래서 식구들은 헤인츠를 껴안아 줄 것이다. 헤인츠가 아들을 몹시 그리워했던 엄마의 가슴에 기대면 엄마는 고통의 생채기가 난 아들의 얼굴에 입을 맞춰 줄 것이다. 따뜻이 불을 지펴 주고 촛불을 켜서 아들이 리투아니아에서 가져온 빵과 훈제 비계를 서로 나누고 맛을 보면서 헤인츠가 겪었던 모험 이야기를 재미있게 들을 것이다.

"엄마…."

헤인츠가 조용히 불러 보았다. 하지만 어두움은 그냥 어두움일 뿐 엄마가 아니다. 바람을 피할 수 있는 쉼터에서 술 취한 군인들을 피해 잠이 들 수 있는 곳에 있는 거라면 정말 다행이다. 그곳에 가면 어머니를 만날 수 있을 것이다. 그래도 그리워하던 이들을 모두 만나지는 못할 것이다.

헤인츠는 조심히 앞을 향해 갔다. 손으로 무쇠 난로를 만졌다. 무척 차갑다. 세상도 온통 차다.

헤인츠는 누군가의 대답을 들을 수 있을까 하는 심정으로 침묵 속에서 귀를 기울였다. 그러나 대답하는 이는 아무도 없다.

식구들은 없다.

무슨 일이 일어났는지도 모른다.

어디 가서 찾아야 하는지도 모른다.

뭘 해야 하는지도 모른다.

리투아니아에서 병든 러시아 장교와 독일어 통역관과 같이 지내던 내내 헤인츠는 오직 집으로 가는 소망 하나만으로 버티고 살았다. 알료나가 빵과 훈제 비계를 주었을 때, 집에서 꼭 필요한 음식을 방수포 가방에 넣을 때가 특히 그랬다. 그때는 정말 그랬다.

집에만 가면 모든 것이 해결되고 추위와 굶주림이 저만치 물러갈 줄 알았다. 마음만 먹는다면 모두 리투아니아로 함께 돌아갈 수도 있을 거라 생각했다. 적어도 동생들과는 같이 가야만 했다. 이제 이전보다 길도, 사람들도 더 잘 안다. 웬만한 이야기는 할 수 있을 만큼 리투아니아어도 늘었다. 우린 죽지 않는다, 적어도 지금은 죽지 않는다. 엄마도 여동생들도 로테고모도 헬무트도 죽지 않는다. 그러나 가엾은 헬무트는 배고픔을 견디느라 몹시 힘들 것이다.

'내 어린 동생 헬무트, 이제 배고파서 고생할 필요는 없어, 내가 돌봐 줄게. 이 얼음 같은 죽음의 송곳니 속에서 꺼내 줄게. 지옥의 개들의 불타오르는 눈동자들도 우릴 보지 못할 거야.'

그러나 지금은 여기 텅 빈 피난처에 앉아 근육을 타고 들어오는 추위와 서서히 커지는 피곤과 절망이 그를 덮쳐 왔다.

어찌 되었든 가만히 있을 수만은 없는 노릇이다. 헤인츠는 메고 있던 가방을 땅에 던져 그 안에서 유산지에 싸서 천 속으로 밀어 넣은 성냥을 찾았다. 잘 켜서 불을 피웠다. 혹시 여동생들의 눈빛과 사멸한 미소를 보게 될까 봐, 목이 찢긴 어머니의 시신을 보게 될까 봐 두렵다…. 그래도 불을 켰다.

성냥이 차르륵 타오른다, 빛이 육중한 어둠 속으로 갈라져 퍼진다. 아무것도 없다. 텅 비었다. 모두 나가 버린 것이다. 쫓아낸 것이다. 도망간 것이다. 어딘가 다른 곳에 있다.

그들이 이 정적 속에 버려져 있지 않다는 것이 얼마나 다행인지 모른다. 그저 아무것도 특별할 것 없는 텅 빈 공간의 정적일 뿐이다. 무덤 속 정적은 이렇진 않을 것이다.

헤인츠가 집에 남아 있는 무쇠 난로에 불을 지폈다. 분명 누군가 식구들을 억지로 어딘가로 데려간 것이다. 그렇지 않다면 이런 귀한 물건을 두고 갈 리가 없다. 이렇게 추운데, 이 난로를 남겨 둔다는 것은 정말 말도 안 되는 일이다. 어쩌면 썰매로 옮겨야 하는 무거운 무쇠 난로를 옮기기에는 너무 고단하고 힘이 없었을 수도 있다. 아니면 식구들은 아들이 올 거라는 희망을 버렸는지도 모른다. 어딘가 다른 곳으로 거처를 옮겼을 수도 있다. 누군가 더 좋은 곳에 살 수 있도록 거처를 마련해 주었는지도 모른다….

소년은 타오르는 불꽃을 바라보았다. 가방에서 빵 한 조각을 꺼냈다. 잠시 머뭇거리다가 훈제 비계를 한 조각 잘랐다. 식구들도 먹어야 하니 많이 먹으면 안 된다. 적어도 오늘 밤은 식구들의 얼굴을 볼 수 없을 것 같다. 그러나 내일이 되면 근처 어딘가 멀지 않은 곳에 가족들이 있다는 소식을 들을지도 모른다. 이웃집에 있을지도 모른다. 식구들은 아들이 먹을 것을 가지고 오길 기다리고 있는 것이 분명하다. 그러니 여동생과 헬무트에게 줄 음식을 남겨 놔야 한다. 엄마 것도 물론이다.

불이 거세지자 통나무 조각들과 오래된 의자 다리가 서로 껴안는다. 마치 저 멀리 배고픔과 걱정이 없는 다른 나라에서 온 것처럼 행복해 보였다. 그 세계에는 왕의 궁전이 보이고 은과 비단이 반짝거리고 헤인츠의 여동생이 아름답게 춤을 추고 있다. 그들은 춤추는 백조들처럼 아주 곱다.

갑자기, 무슨 소리가 들린다.

다시 들린다.

또다시 들린다.

헤인츠는 불이 활활 타오르는 난로를 끌 준비를 하며 작은 불빛도 바깥으로 새어 나가지 않도록 문을 닫았다.

소리는 계속해서 들린다. 물방울이 마치 못처럼 땅에 박힌다.

지붕에서 물방울이 떨어지는 소리다.

헤인츠는 중얼거렸다, 불도 지폈으니 이제 세상의 모든 눈이 녹아내릴 거야.

이 어두운 나라에서는 온통 숲들이 땅을 덮고 그 검은 벽이 농장과 시골을 둘러싼다. 늑대는 더 이상 사람들을 두려워하지 않는다. 그들은 얼어붙은 시체를 먹고 산다.

길가에는 시체들로 가득하다.

아마 그래서 그 많은 사람들이 광견병으로 죽었나 보다. 아니면 다른 이유일 수도 있겠지만. 어슬렁거리는 개들도 어김없이 늑대의 밥이 되었다.

끊임없이 사람들에게 공포를 안겨 주는 그 소리는 멀고 먼 조상들이 느꼈던 두려움까지 불러일으키고 털이 곤두서게 만들었다. 이런 때는 청각이 유독 예민해진다. 레나테의 눈은 두려움으로 더 커졌다. 멀리서 들리는 죽음의 거친 합창 소리를 입을 벌린 채 듣고 있었다.

"겁내지 마, 그냥 늑대일 뿐이야."

늙은 얼룩무늬 암탉의 털을 뽑고 있던 루돌프라는 소년이 말했다.

레나테의 눈에는 모닥불 같은 눈빛이 이글거렸다. 주위를 둘러싼 숲과 흘러가는 밤 사이로 무언가 소리가 들렸다. 모닥불 불빛이 마음을 평안하게 쓰다듬어 주었다. 레나테는 어딘가에서 구한 전쟁 기기 부속품을 입으로 빨고 있다. 냄비 대신으로 쓰는 그 물건에 눈을 녹이고 있었다.

레나테의 콧구멍으로 매캐한 담배 냄새가 들어왔다. 리타가 군인들과 마을 사람들한테서 받은 담배를 피우고 있었다. 열세 살 정도 되는 리타는 머리는 엉겨 붙어 있고 눈빛은 슬프면서도 분노에 차 있다. 말을 거의 하지 않는다. 레나테는 리타가 무서웠다. 루돌프는 완전히 다르다. 말도 많고 쾌활하다. 이상하게도 전쟁이 그를 슬프게 하지도, 늙게 하지도 않았다. 리타는 기침 한번 하지 않고 담배 연기를 허파에 채웠다. 담배에 찌든 늙은이처럼 평온하다. 그녀의 얼굴에는 꿈도 없고, 죽음에 대한 두려움도 없고, 좋은 날이 올 것이란 기대도 없다.

늑대 한 마리가 다시 낮은 울음을 울기 시작했다. 닭 피 냄새를 맡고 흥분한 모양이다. 루돌프는 이미 닳아 버린 칼로 닭의 배를 갈랐다. 레나테는 그가 하는 것을 가만히 보면서 자기에게도 닭고기를 주지는 않을지 바라고 있었다. 레나테는 아직 이 아이와 그리 친해지지 못했다. 그저 이름이 루돌프라는 것만 안다. '루돌프, 리타, 길레' 수척하고 말을 더듬는 아이가 그렇게 말했다. 처음에는 루돌프란 애가 남자인지 여자인지 알아차리기가 힘들었다. 남자애였다. 길레가 그 남자아이를 그렇게 불렀다.

배를 가른 새 안에서 루돌프가 먹을 만한 것을 꺼냈다. 심장이랑 간이랑 뭔지 모르는 피가 잔뜩 묻은 고기 조각이 나왔다. 그다음엔 포도송이 같은 내장을 꺼냈다. 크기가 다양한 동그란 구슬 같은 것이 포도송이에 매달려 있다.

"저게 뭐야, 저 노란 구슬 같은 거 뭐야?"

레나테가 물었다.

"이거 알이야."

"알?"

"암탉이 알을 낳는 거야. 이거 맛있어. 조금만 있으면 달걀이 되는 애들이야."

"아이들도 엄마 배 속에 있으면 저래."

리타가 갑자기 입을 열었다. 레나테는 이 암울한 소녀를 향해 몸을 돌려 이유를 물었다.

"그 애애애한한한테 암암암우것도 물물물물어보지 마. 아무무무것도 물물물어보보지 마."

길레가 갑자기 신경이 쓰이는지 더듬거리면서 날카롭게 소리를 질렀다.

"암암암암무거것것도 물물물어보지지 말말라라구."

뭔지 모르겠다는 표정으로 비웃듯 웃고 있는 루돌프를 쳐다보았다. 그는 웃으면서 냄비라고 부를 만한 물건에 닭 조각을 던져 넣었다. 아무런 말이 없다. 나한테 먹으라고 줄 것인가 말 것인가? 이런 생각이 끈질기게 레나테를 괴롭혔다.

"지금 겁이 나는 거야."

루돌프가 말했다.

"아이들도 엄마 배 속에 있을 땐 이 알하고 똑같아."

리타가 말했다.

"아아아무무무것도도 물물울어보보지 말라고."

길레가 다시 날카로운 목소리로 말하면서 귀를 막았다. 그러고는 전나무 가지가 가득 쌓인 헛간 구석으로 몸을 밀어 넣었다.

루돌프가 웃었다. 리타가 길레에게 아직 냄새가 풀풀 나는 피우다 만 담배를 건넸다. 길레는 씁쓸하고 삼키기 어려운 연기를 들이마시더니 기침을 연신 해 댔다. 그런데도 피우기를 멈추지 않았다.

"우리 어딘가 농장에 갔다가 배가 갈린 여자를 본 적이 있어. 옷이 벗겨져 있었고 배에 크게 칼집이 나 있더라고. 그 배 안에서 사람의 형상을 한 작은 무언가가 밖으로 나와 있었는데 달걀처럼 생긴 주머니 안에 담겨 있었지. 그 주머니도 뜯겨 있었어. 그것이 밖으로 나오려고 한 모양이야. 그러다가 추위에 얼어 죽은 거지. 엄마와 아이 모두 얼음 조각처럼 굳어 있었어."

리타는 말이 없다.

루돌프가 말했다.

"그래서 길레가 정신이 나간 것 같애. 우리는 그 집에서 길레를 만났거든. 우리가 뭘 물어보려고 하면 길레가 소리를 질러. 죽은 여자가 엄마였던 거 같아. 너도 한번 물어봐. 아마 이야기 안 해 줄걸. 지금은 말소리도 못 듣고 그냥 몸을 떨면서 이만 갈아. 리타가 일부러 못살게 구는 거야. 리타는 군인들을 만나니까 혹시라도 자기 배에도 저렇게 애기가 들어 있는 주머니가 있을까 봐 겁내는 거야."

"입 닥쳐."

리타가 입을 열더니 루돌프의 뒤통수를 때렸다.

마당은 고요하다.

아침이다.

해가 미처 뜨지도 않는 아주 이른 아침이다.

헤인츠는 마당 쪽으로 땔감 창고 문을 열더니 몸을 숙이고 아침의 안개 속으로 들어갔다. 지붕에서 물방울이 떨어졌다. 봄이 온 듯하다. 실제로 멀리서 봄이 희망을 싣고 오고 있다. 헤인츠는 무엇을 해야 할지 어디로 가야 할지도 모르면서 천천히 앞으로 발걸음을 옮겼다. 갑자기 외로움을 느꼈다. 심지어 밤보다도 더 외로웠다. 알 수 없는 감정이 뱀이 되어 심장을 짓누르는 것 같다. 심장을 둘러싸고 조이고 부술 것만 같다. 울며 소리라도 지르고 싶지만 눈물은 말라 버렸고 끝이 없는 안개의 습기만 뺨 위에 내려앉았다. 안개가 이슬비처럼 내리고 있는 듯했다.

헤인츠는 어린 시절에 놀던 뜰로 갔다. 뒤죽박죽이 되어 있다. 헤인츠는 더러운 눈을 헤치고 부서진 수레와 우물을 지나 걸어갔다. 안개 속에서 가족이 살았던 오래된 집이 드러났지만 낯설었다. 장님의 눈처럼 닫힌 끔찍한 창문, 그 창문 뒤로 낯선 사람들이 자고 있었다. 그 집에서 헤인츠가 아버지에게 혼이 나고 있으면 엄마가 와서 말리곤 하셨다. 담배 냄새와 카드놀이, 술 마시는 것이 견딜 수 없어서 할아버지를 놀리기도 했다. 헤인츠는 레나테에게 커다란 도화지에 이카루스를 그려 주기도 했다. 짐승의 시체처럼 검어지는 눈 뒤로 전나무가 있다. 한때 그 전나무를 꾸미고 사과와 사탕 그리고 종이를 오려서 만든 작은 천사들을 달기도 했다. 거기서 헤인츠는 항상 브리기테를 괴롭혔고, 그러면 브리기테 역시 오빠에게 똑같은 짓을 해서 복수했다. 언제나 사탕을 가지러 집으로 들어가던 로테 고모, 고모가 부르는 노래가 그리웠다.

'아, 이제 더 이상 아버지가 연주하는 아코디언 소리와 엄마의 피아노 반주에 맞추어 로테 고모가 부르는 노래를 들을 수 없는 건가요? 하느님, 저에게 벌을 내려 주세요. 세상이 어떻게 돌아가는 줄도 모르고 그저 무심하게 살았으니 전 벌을 받아 마땅해요. 하루하루 제게 주어진 인생의 기쁨에 감사하지 못하고 일상의 행복을 가볍게 여겨서 죄송해요. 어떤 벌이든 괜찮아요. 이 꿈에서 깨게만 해 주세요. 이 축축하고 생명 없는 겨울에서 저를 꺼내어 주세요. 제 눈을 생명수로 씻어 이전의 일상생활을 볼 수 있게 해 주세요. 죽음의 악마들이 스쳐 간 공포가 산산이 흩어지게 해 주세요…. 주님, 전 지금 어디로 가야 해요? 전 뭘 해야 하나요….'

헤인츠는 아무것도 먹지 않았다. 방수포 가방엔 알료나가 넣어 준 음식이 전부다. 빵과 훈제 비계, 미국 통조림… 하지만 밤에도 낮에도 먹을 수가 없었다. 어머니와 여동생들과 헬무트는 아직 맛도 보지 못했는데, 혼자서 먹는 것이 어떤 의미가 있단 말인가. 혼자인 데다가 식구들은 아무도 없고 다정하게 부르는 엄마의 목소리도 없고, 쓰다듬어 줄 사람도, 즐겁게 해 줄 여동생도 없는데… 대체 어떤 의미가 있단 말인가. 아끼는 소중한 사람들은 전부 어딘가로 사라지고 꿈에서나 볼 수 있는 걸. 희망은 점차 사그라들었다. 그 꿈은 하룻밤 사이에 사라지고 지금은 거의 꺼질 듯한 불빛이 가슴 아주 깊은 곳에서 녹슬어 가고 있다.

헤인츠는 아빠와 직접 심었던 과일나무를 지났다. 물이 찰랑찰랑할 때까지 담은 무거운 동이를 날라 와 땅을 적셔 줘야 했던 자두는 분명 이번 겨울에 얼어 죽었을 것이다. 여긴 엄마가 사진을 찍곤 하던 사과나무다. 누렇게 변한 사진 속에서 엄마는 행복한 웃음을 짓고 있었고 바람은 밝은 색깔의 드레스를 펄럭거렸다. 그 여름은 사진 속에만 남아 있다. 사진 속 풍경을 떠올리기는 쉬운 듯 어렵다. 이제 그 모습들은 더 이상 없기 때문이다. 아마도 오래전에 잃어버렸고, 전쟁의 잔해 아래 어딘가에 묻혀 있을 것이다.

헤인츠는 고요한 바다 위를 걷는 것처럼 천천히 걸었다. 안개다. 전쟁으로 굳어 버린 안개 속에서 죽음의 실루엣이 나타났다. 아니 실루엣이 아니라 얼굴이다. 뿔이 달렸고, 거대하고 피투성이이며, 입술에 거품이 있고, 하얀 눈이 튀어나온 얼굴. 죽은 얼굴이 헤인츠를 똑바로 쳐다보며 물었다.

"나의 영토에서 넌 뭘 하는 게냐, 이 안개 속에서 무엇을 하는 게냐. 여긴 네 녀석의 정원이고 네 녀석의 마당이고 네 녀석의 집이었지만 지금은 내가 만든 지옥이고 죽은 이들이 사는 땅이고 내 왕국이다."

헤인츠는 예상치 못한 죽음의 표정에 얼어붙은 채 서 있다가 힐끗 위를 올려다보았다. 부러진 사과나무 가지 위에 소머리가 얹혀 있었다. 전에 키웠던 소가 우유 짜러 오는 사람들을 맞으며 음매 울었던 모습과 다르지 않았다. 헤인츠는 이 바보 같은 죽음의 가면무도회가 더 이상 두렵지 않았다.

헤인츠는 눈길을 아래로 떨군 채 머리와 어깨 위로 떨어지는 안개 밑에 서 있었다. 그는 진흙투성이 눈처럼 허망과 절망으로 녹아내릴 것 같은 피로의 무게를 느끼며 눈을 감았다.

모자를 벗고 울음을 터뜨렸다. 눈물이 하나도 남지 않았다고 생각했는데, 바닥을 알 수 없는 공허함에서 날아오는 날카로운 날처럼 뜨겁다. 마치 다시 깨어난 느낌이다.

눈물이 아니라 뜨거운 진액이 흘렀다.

바람도 없고 소리도 없고, 아이의 오열하는 소리만 있었다. 하지만 그게 정말 유일한 소리였을까?

헤인츠는 귀를 쫑긋 세우고 가만히 귀를 기울였다. 이상한 소리가 계속 들린다. 점점 커지면서 거대한 벌레가 기어오듯 가까이 온다. 모래 위로 물줄기가 스며드는 것 같다.

아이는 돌아서서 쳐다보았다. 연기와 안개 속에서, 이상한 그림자가 가장자리와 하늘도 없는 세계에서 솟아나 박자를 맞추며 공포스럽게 움직였다.

마침내 그 형태를 알아보았다. 사람들이다. 많은 사람이 손을 내려뜨리고 다리를 힘들게 끌면서 마당 옆으로 난 길을 따라 걷고 있다. 아주 천천히 박자를 맞추듯 걸었다. 모두 같이 안개 속 나라에서 다른 곳을 찾아 이동하는 듯 허위허위 걸었다. 어디로 가는 것일까? 저 사람들이 누군지 아는 이들이 있을까? 그들을 아는 이들이나 있을까… 이미 오래전에 죽은 사람들일 것 같다. 죽음의 말이 참말인 거 같아 겁이 났다. 다리를 끌며 옆으로 지나가는 해골들처럼 자신도 이미 죽어 있는 것이 아닐까?

가볍게 무장한 러시아 군인 몇 명이 이끄는 무리에서 살아 있는 사람이 뛰쳐나왔다. 정말 살아 있는 사람, 살아 있는 사람은 러시아 군인이 그를 향해 소리치는 것에도 아랑곳하지 않고 그것보다 더 큰 소리를 지르며 기쁘게 달려오고 있었다.

"헤인츠 형, 나 알베르트야. 마침 형네 집인가 싶어서 혹시나 해서 둘러보고 있는데 형이 보이더라고."

잠시 끌어안고 어깨를 두들겨 주었다.

"우리 식구들은 여기 없어, 형네 식구들도 없어. 다시 찾을 수 있을 거야, 다시 찾아야 하고. 듣자 하니까 독일 사람들은 전부 독일로 보낸대. 그곳에서 찾을 수 있을 거야. 영원히 못 찾진 않을 거야. 우리가 길을 잃더라도 서로 찾듯이. 지금 가자. 사람들은 이미 오래전에 떠났대. 우리가 혼자서 뭘 하겠어? 저들이 여기 있게 두지도 않을 거야."

갑자기 현실 세계로 돌아왔다. 끌려가는 독일인들 발밑으로 자갈들이 스치는 소리가 났다. 늙은이들과 여자들이 지나간다, 아이들도 지나간다, 보따리 같은 것을 지고 간다. 집안 살림인가 싶지만 누가 알겠는가. 알베르트는 몹시 수척했다. 눈 밑이 더 어두워졌지만 눈은 더 생기있게 반짝였다.

"형을 찾아서 얼마나 기쁜지 몰라. 멀리서 형네 집을 유심히 보고 있는데 내 눈을 믿을 수가 없더라고. 일부러 그러려던 건 아니었지만… 그래도 혹시나 하고 있었는데… 사과나무 밑에 누가 서 있는 거야. 혹시 헤인츠 형이 아닐까 했는데, 정말 형이 보이는 거야. 너무 기뻐서 말문이 막힐 지경이야. 형이랑 이렇게 다시 만나게 되다니…."

다른 러시아 군인이 뭐라고 외쳤다. 이제 무리가 어느덧 끝나 간다.

"이제 가야 돼."

두 사람이 옆으로 지나가는 무리의 틈 속으로 파고들어 가자 무리와 함께 안개 속에서 사라진다. 헤인츠는 아무리 둘러봐야 아무 인기척도 보이지 않는 곳으로 자꾸 고개를 돌렸다.

보급품을 실은 트럭이 광장에 있는 가게로 오고 있다.

세 명의 소년과 레나테는 적절한 때를 노리고 있었다.

트럭이 가게 옆을 지날 때 운전사가 경적을 울렸고, 민간인의 출입이 금지된 대문 뒤편 마당으로 꺾어 들어갔다.

점원 스타셰가 운전사한테 다가와 배달 노트에 사인을 하고, 빵 상자에 담기 시작했다. 검은 빵은 모두 같은 모양이었고 그다지 먹음직스러워 보이지 않았다.

"빵이 아직 다 안 익었잖아요."

스타셰가 한숨을 쉬며 말하고, 운전사와 함께 창고 안으로 사라졌다. 아이들은 모퉁이에서 모든 것을 지켜보고 있었다.

"뛰자… 얼른…."

루돌프가 소리쳤다. 레나테는 마음을 잡지 못하다가 어쩔 수 없이 다른 아이들과 자동차를 향해서 질주했다. 아이들은 빵이 있는 곳으로 뛰어가서 품에 잔뜩 끌어 담았다.

가게 안에서 운전사가 크게 소리를 지르며 나타났다. 뛰어오면서 허리띠를 풀었다.

"이 녀석들, 악마 새끼들 같으니라고… 이 개새끼들…."

운전사가 화난 목소리로 소리쳤다.

아이들이 속도를 내어 여러 방향으로 흩어졌다. 레나테가 제일 뒤처진다. 주변엔 아무도 없다. 챙겨 온 빵을 가슴에 강하게 끌어안았다. 그만 미끄러지고 말았다. 배를 아래로 깔고 팔다리를 바둥거리며 넘어졌다.

운전사는 마치 개를 다루듯 레나테의 목덜미를 잡아 미친 듯이 흔들었다. 그러더니 재빨리 허리띠를 풀어 아이를 때렸다. 레나테는 소리를 질렀다. 무섭고 부끄럽고 아팠다.

운전사의 얼굴은 분노로 붉게 물들었다. 손이 닿는 곳마다 쉬지 않고 매질을 했다.

가게 창고에서 점원이 뛰어나와 운전사의 손을 잡았다.

"그만, 그만해요."

"이 도둑년, 망할 도둑년…."

"애잖아, 꼬마잖아. 때리지 말고 얼른 보내 줘요."

"세상에, 온몸이 이투성이네."

레나테는 땅으로 쓰러졌다. 손에서 빵이 쏟아졌다. 레나테는 하늘을 보고 누워 있다. 분노와 공포로 가득 찬 눈으로 알아듣지 못할 말로 이야기하는 여자를 바라보았다.

레나테는 등을 땅에 대고 꿈틀거렸다, 아프다. 땅에 떨어진 빵을 보고 누가 가져갈까 얼른 손으로 잡았다.

"어릴수록 때려서 가르쳐야지. 안 그러면 너무 늦어. 저년 눈빛 봤지?"

스타셰가 레나테에게 물었다.

"너 어디 사는 애니, 엄마는 어딨어? 아무 짓도 안 할 테니까 겁내지 마. 왜 물건을 훔쳤어? 도둑질은 안 돼, 도둑질은 안 되는 거야…."

운전사는 물건이 담긴 상자를 들고 나왔다.

"독일 애인 거 같은데… 독일 계집, 그 늑대 같은 애들 말이야. 숲에 가면 저런 애들 천지야. 머릿속 이처럼 창궐해서 보이는 것은 다 훔쳐 가… 안됐긴 하지만…."

스타셰가 독일어로 물었다.

"너 독일 애니? 내 말 알아듣겠니?"

레나테가 고개를 끄덕였다.

"겁내지 마, 아무 짓도 안 할 테니까 도망가지 마. 도둑질은 안 되는 거야, 도둑질은 하면 안 돼. 배고프니?"

레나테가 고개를 끄덕였다.

운전사가 둘을 보고는 저 여자들을 어찌해야 좋을지 모르겠다는 듯 웃음을 터뜨렸다. 바닥에 침을 뱉고 차에 올라타며 소리쳤다.

"배달 노트는 상자 위에 있어!"

물건을 가져온 자동차가 여기저기 땅이 팬 가게 마당에서 어렵게 길을 찾아 나갔다.

"너네 엄마 어디 계셔?"

스타셰가 물었다.

"잃어버렸어요…."

여자는 매질을 당하고 두려운 눈으로 바라보는 아이를 바라보다가 가슴에 폭 안았다.

"에휴, 가엾은 것. 불쌍해서 어떡해."

레나테는 스타셰를 바라보았다. 아마 새로 만난 이 여자가 마음에 들었는지도 모른다.

스타셰가 정신을 차리고 웃어 보였다.

스타셰는 빵이랑 이것저것 다양한 식료품을 판다. 물건을 사러 오는 여자들은 늘 추운 겨울에 대해, 배고픈 것에 대해, 빵의 질에 대해 그리고 그들이 살고 있는 끔찍한 시간들에 대해 불평을 늘어놓았다.

레나테는 가게 직원이 일하는 공간 구석에 앉아 문틈으로 판매대를 쳐다보았다. 알아듣지 못할 말로 사람들과 이야기를 나누며 일을 척척 잘 해내는 스타셰를 보았다. 가끔 몸을 돌려 레나테를 바라보며 힘을 주려는 듯 밝게 웃었다.

이미 레나테는 빵을 몇 개나 먹어 치웠다. 한 입 다시 먹는다. 그래도 안 들어가면 손가락으로 밀어 넣어서라도 먹는다.

스타셰의 집은 두 부분으로 나뉘어 있다. 하나는 스타셰가 남편, 언니와 살고 있고 다른 방에는 민병대 넷이 살고 있다. 그들은 반소련 리투아니아 파르티잔들을 사냥하는 임무를 맡고 있었다. 언제나 취해 있었고, 노래와 욕설이 끊이지 않았다.

마당 한가운데 미키타라 불리는 러시아 병사가 총을 든 채 흔들흔들 걷고 있었다. 동네에 널린 땅딸막하고 그다지 인상적이지 않은 그 러시아인은 민병대에 지원했다. 그는 우스갯소리와 술 취한 소리가 새어 나오는 창문가로 다가가서 문을 두들기고는 사람들이 보지 못하도록 쭈그려 앉아 키득거렸다. 방 안은 삽시간에 조용해졌고, 그들 중 한 명이 조심스럽게 창문을 내다보았다. 바로 그때 미키타가 펄쩍 뛰며 그 남자 앞으로 얼굴을 들이밀었다. 남자는 이내 사라지고 미키타는 웃고 있었다.

술 취한 병사는 화를 내며 집 밖으로 나왔다.

"젠장, 미키타, 너 꼼짝 말고 기다려. 쏴 죽여 버리고 말 테니까. 딱 지켜봐."

"무서웠어? 나 미키타가 무서웠던 거야? 모두가 나를 무서워하고 있는 거야? 제길, 그런 거야?"

"그래, 무서운 것처럼 해 줄게. 근데 집에서 담근 술은 가져왔어?"

술에 취한 병사는 다리를 벌리고 서더니 흔들흔들하면서 땅바닥 위에다 곧바로 오줌을 갈겼다.

레나테는 욕조에 앉아 있다. 욕조는 거품이 가득하고 김이 모락모락 솟아오른다.

미키타와 다른 병사들이 술에 취해 현관에서 몸싸움을 벌이는 소리가 들렸다.

스타셰는 아이를 씻기고 머리를 감겼다.

엘제는 창문 너머 마당을 보고 있다. 아직도 누군가가 총을 들고 낄낄거리고 있었다. 스타셰의 언니 엘제는 아직 결혼 못 한 노처녀다. 엘제의 표정은 충치 때문에 아픈 사람처럼 언제나 화가 나서 찌푸린 것처럼 보인다. 그래도 엘제는 딱따구리처럼 쉬지도 않고 수다를 떨어 댄다.

스타셰는 민병대들이 외치는 소리에 속으론 놀라면서도 애써 티를 내지 않으려 했다. 엘제는 아랑곳하지 않고 이야기를 이어 갔다.

"독일 꼬마 얼굴 좀 보자. 이 근처에서 얼쩡거리는 독일 아이들 보면 기관에 신고해야 되는 거 알지? 걔들은 가는 곳마다 구걸하고 도둑질한단 말이야. 아마 병도 퍼뜨리고 다닐걸. 사람들에게 악운을 옮기고 다니는지도 몰라. 우리 집에서 살고 있는 저 러시아 군인들 말이야, 쳐 죽일 인간들, 맨날 몸을 못 가눌 정도로 술 취해서 돌아다니잖아. 그 사람들이 우리를 시베리아로 끌고 갈지도 모른다는 생각은 안 해 봤어? 저 애는 뭐 하러 데려와. 이미 남편도 있는 유부녀한테 여자애가 뭐가 필요하냐고. 너희들은 애 안 낳아? 걔 때문에 시베리아에 가고 싶어? 네가 저 계집애한테 좋은 일 한다고 하는 통에 나까지 시베리아로 보내면 어떡할래? 그렇게 안 될려면 사람들한테 들리지 않게 속닥거리면서 이야기하던가. 그래야 걔가 독일 애인 거 아무도 눈치 못 채지."

스타셰는 큰 수건으로 레나테를 감싸 욕조에서 일으켜 수건으로 닦았다.

스타셰는 레나테에게 언니가 지껄일 때마다 리투아니아어를 알아듣지 못해서 다행이라며 리투아니아어로 말했다.

스타셰는 레나테에게 수건을 두르고 잠자리가 잘 차려져 있는 큰 방으로 데리고 들어갔다. 방에 들어가서는 의자 위에 레나테를 세웠다.

"내가 조금 있다가 잠옷을 가져다줄게, 좀 클 거야. (그리곤 웃는다) 내 잠옷이라 그래. 그런데 내일 정말 정말 예쁜 옷이랑 드레스도 만들어 줄게…. 우선 지금은 좀 자라."

스타셰는 옷장에서 자기가 입던 잠옷을 꺼내서 레나테에게 입히고 하얀 침대보가 깔린 침대 위에 눕혔다. 그러고는 침대에 걸터앉아서 아이의 머리를 쓰다듬었다.

레나테가 스타셰에게 팔을 뻗었다.

스타셰도 레나테 옆에 자리를 잡고 누웠다.

갑자기 레나테가 힘을 주어 끌어안았다.

"우리 엄마 해 줘요, 우리 엄마 해 줘요…."

"내가 해 줄게… 해 주고 말고. 약속할게…."

스타셰가 조용히 말하고 아이의 머리에 가볍게 입을 맞추었다.

레나테의 눈이 감겼다.

스타셰의 남편 안타나스가 장작을 패고 있다. 고요하고 청명한 아침에 그 소리가 울려 퍼졌다. 굴뚝에서는 연기가 하늘 높이 솟아오르고 있다.

레나테가 눈을 떴다. 이른 아침의 햇살이 빗살처럼 창문으로 들어왔다. 안타나스가 도끼질을 하는 소리가 들렸다.

레나테는 믿기지 않는 듯 천장을 잠시 바라보았다. 그러다가 언제나 그랬듯 자연스럽게 이불을 정리하고 일어나 맨발로 반짝일 정도로 깨끗한 바닥 위를 조심스럽게 걸었다.

반쯤 열린 부엌문 사이로 소리가 들렸다. 스타셰가 드레스를 만들고 있다. 행복한 얼굴이다. 레나테는 스타셰의 얼굴과 이 순간을 머릿속에 넣어 두고자 저들이 어떤 사람일까 생각했다.

벽시계가 시끄럽게 똑딱였다. 레나테는 문턱에서 물러서서 자기가 잤던 방을 둘러보았다. 레나테는 시계 쪽으로 걸음을 옮겨 시계추를 바라보다가 접시들을 올려놓은 작은 식탁으로 다가갔다. 금방이라도 깨질 것 같은 발레리나와 금속 액자 속에서 스타셰를 닮은 아름답게 웃고 있는 여자의 초상화를 바라보았다.

레나테는 인형을 들어 홀린 듯 돌려 보았다. 다시 자리에 갖다 놓으려던 순간, 부엌에서 나는 소리에 움찔하다가 바닥에 떨어뜨렸다. 깜짝 놀라 내려다보니 그만 깨지고 말았다. 마침 그때 문이 열렸다.

레나테는 놀라 재빨리 침대 안으로 들어갔다.

그리고 어쩔 줄 몰라 하는 눈빛으로 스타셰를 쳐다보았다. 스타셰는 드레스와 무슨 코트인지 카펫인지 모를 것을 손에 들고 있었다.

"안녕… 나 때문에 놀랐어? 겁내지 마."

스타셰가 레나테를 향해서 조심스럽게 팔을 뻗어 살며시 이불을 들추었다. 아이를 껴안아 의자 위에 앉혔다.

"이거 내가 만든 거야. 한번 입어 보자꾸나."

스타셰는 레나테에게 드레스를 입혀 주었다.

"아빠를 만나러 가야 하니까 예쁘게 보여야지."

겨우 머리 하나를 집어넣자마자 아빠라는 말을 들으니 놀라웠다.

"맞아, 이름은 안타나스야. 넌 리투아니아어를 배워야 해. 알았지?"

레나테는 고개를 끄덕였다.

스타셰가 조금 커 보이는 코트를 입은 레나테를 데리고 안타나스가 있는 밖으로 나갔다.

안타나스는 도끼를 들고 서서 레나테를 바라봤다. 거인처럼 거대해 보였다.

스타셰는 처음엔 안타나스에게 뭔가 이야기해 줄 것이 있다며 리투아니아 말로 이야기했다. 그리고 레나테에게 고개를 숙여 아이 같은 눈빛으로 웃음을 보내며 독일어로 말했다.

“내가 하는 말 잘 들어, 꼬마야.”

레나테는 쭈뼛쭈뼛 리투아니아어로 더듬더듬 말했다.

“아빠, 아빠도 벼룩이 있어요?”

생각지도 못한 말에 안타나스는 잠시 말이 없다가 시간이 조금 지나 천둥 같은 소리로 웃음을 터뜨렸다.

레나테는 어떤 말을 해야 할지 몰라 스타셰를 쳐다보았다. 스타셰는 착하다는 말을 연신 하면서 행복하게 웃었다. 안타나스는 자기 때문에 겁이 났다는 것을 알아차리고 레나테 앞에 고개를 숙이고 눈을 맞추었다.

레나테는 몸을 숨기듯이 스타셰를 끌어안았다.

안타나스가 웃었다.

"아니, 나 벼룩 없어. 귀여운 것…."

그는 손을 뻗어 레나테의 귀여운 손을 잡았다.

"너 장갑 껴야 되겠다. 장갑이 독일어로 뭐지?"

"우리 집에 장갑 있어."

스타셰는 이렇게 말하고 레나테에게 집에서 만든 줄무늬 벙어리장갑을 건넸다. 스타셰의 장갑이다. 자기 것은 새로 짜면 된다. 오늘은 춥지도 않다.

"새 걸 짤 시간이 없으니 일하고 와서 짜면 돼."

"스타셰 걸로 끼어 보자."

안타나스가 팔 하나를 뻗어 레나테에게 장갑을 끼워 주려 하자 스타셰가 얼른 도우려 달려들었다. 이제 보니 키 크고 어깨가 넓은 이 사람은 팔이 하나밖에 없다.

"장작 패는 것 좀 도와줄래?"

"당신도 참 웃긴다. 아직 어린앤데 자기를 어떻게 도와."

"자기는 일하러 가. 우리가 잘해 볼 테니 걱정하지 말고."

스타셰는 안타나스의 눈을 쳐다보며 바보 같은 짓은 할 생각도 하지 말라는 듯 고개를 흔들었다. 하지만 안타나스는 웃으면서 가라고 했다.

스타셰는 레나테와 눈을 맞추며 쪼그려 앉았다. 빗질이 안 된 머리카락을 숄 밑으로 밀어 넣으며 자신은 일하러 가야 하니까 아빠와 함께 있으라고 독일어로 이야기했다.

레나테는 놀라움이 가득한 눈으로 안타나스를 쳐다보았다.

스타셰는 레나테에게 가볍게 입맞춤을 하고 시내로 통하

는 길을 따라 멀어져 갔다.

“지금 나랑 같이 장작을 팰 거야, 알겠지?”

레나테는 조용히 어떻게 하는지 보고 있었다.

“걱정하지 마, 어렵지 않아. 어떤 걸 팰까? 네가 좋아하는 것으로 골라 봐. 어떤 거? 말만 해. 꼬마야, 어떤 나무를 패는 게 좋겠어?”

레나테는 마침내 용기를 내어 손가락으로 나무 하나를 가리켰다. 안타나스는 레나테가 가리킨 이미 도끼질을 한 나무를 가져왔다. 그 나무를 다른 커다란 나무 위에 놓고 도끼를 꺼내어 위아래로 흔들다가 도끼질 한 번으로 반쪽을 냈다.

미키타는 아직 잠이 덜 깬 채 집 안에서 나왔다. 담배를 꺼내 불을 붙이며 반짝이는 겨울 아침을 보고 있다. 어깨에 매달린 총이 흔들거렸다.

안타나스가 헛간 옆 마당 끝에서 나무를 자르고 있는 것이 보였고, 그 옆에서 레나테가 다음에는 어떤 나무를 팰지 손으로 가리키고 있었다.

미키타의 입에서 김과 연기가 퍼져 나왔다.

안타나스는 즐거운 마음으로 장작을 패고 있었다. 힘이 센 그가 능숙하게 팬 나무조각들이 점점 더 높이 쌓였다.

레나테가 눈에 덮여 있던 커다란 통나무를 굴려 왔다.

안타나스가 웃으며 말했다.

"난 한 손으로도 팰 수 있다, 좀 무거운 걸로 가지고 오렴."

레나테가 웃었다. 이제 도끼를 든 이 거대한 사람이 더 이상 무섭지 않았다.

갑자기 꼽추 미키타가 다가왔다.

"왜 일하러 안 갔지?"

레나테가 겁이 난 눈으로 꼽추를 쳐다보았다.

그 사람은 인사를 하는가 싶더니 바로 싸움을 시작했다.

"그 나무 어디서 난 거야? 누가 패라고 했지?"

"우리 아버지 숲에서 캔 거다."

안타나스가 말했다.

"지금 숲은 전부 정부가 소유하는 거 몰라?"

미키타는 이렇게 말하고 이상한 눈빛으로 레나테를 바라봤다. 레나테는 축사 벽 쪽으로 바짝 붙어 섰다.

"관리자가 뿌리째 뽑힌 나무는 벨 수 있다고 했어."

"얘는 누구야? 아무래도 독일 애 같은데."

"독일 애 아니야. 카우나스에 사는 제부 딸이야. 거기 먹을 게 별로 없다고 해서."

"뭐라는 거야. 독일 애 맞는구먼. 넌 왜 아무 말도 안 하고 나를 쳐다보는 거야?"

"겁주지 마, 낯선 사람을 보면 겁낸다고."

"독일 애 맞지? 네 이름 뭐냐. 야, 독일 년아, 네 이름 뭐냐고!"

레나테는 리투아니아어로 아주 정확하게 발음했다.

"제 이름은 마리톄예요. 제 이름은 마리톄예요."

"봤지, 이름이 마리톄라잖아. 내가 뭐라고 그랬어."

미키타는 레나테를 오랫동안 보더니 비꼬는 듯 이를 드러내고 웃다가 침을 뱉고 마을 쪽으로 갔다.

안타나스와 레나테와 엘제가 점심을 먹는다.

엘제는 수프를 가지고 오고 안타나스는 식탁 가장자리에 앉아 빵을 잘랐다.

레나테는 먹을 준비를 하고 숟가락을 들고 기다리고 있다.

"마리테가 일을 많이 했으니까 최대한 많이 퍼 줘."

안타나스는 이렇게 말하곤 웃었다.

엘제는 레나테 앞에 수프 한 그릇을 놓고 미소를 지었지만 입으로는 흉한 말을 했다. 레나테는 맛있게 먹으면서도 귀로는 알아듣지 못할 이야기를 듣고 눈으로는 어른들이 하는 일을 가만히 지켜보고 있었다.

"아이고, 주여. 세상이 이렇게 흉흉해서 어찌 살겠나. 밤이면 밤마다 총소리가 들리지 않나, 사람들을 어디로 실어 간다고 하질 않나, 우리 집 벽 뒤에도 러시아 놈들이 있잖아. 특히 그 꼽추 미키타. 불꽃이 조금이라도 있으면 금방 활활 타오르게 돼 있어. 시베리아에 가서 홀랑 인생을 태워 봐야 정신을 차리겠나? 어제 스타셰에게는 이야기했는데 이제는 자네한테도 이야기를 좀 해야겠네. 이러면 안 되네. 이러면 안 돼. 우리도 살고 봐야지. 우리 생각도 좀 하고 살아야지. 누군지도 모르는 아이를 어떻게 키워. 러시아 애들이건 리투아니아 애들이건 독일 애들이건 그런 아이들 지금 세상에 천지야. 그런 애들을 다 데려다 키울 텐가? 우리 앞가림이나 잘해야지."

안타나스와 스타셰는 사랑을 나누었다. 서로에 대한 열정에 빠져 있는 그들은 젊고 아름답다.

갑자기 부엌에서 이상한 소리가 들렸다. 그릇이 떨어지고 물동이가 땅에 부딪혔다.

스타셰와 안타나스는 자리에서 일어나 램프를 켜고 부엌으로 갔다.

부엌에서 레나테가 움츠리고 앉아 있었다. 몸이 좋아 보이지 않았다. 구토를 하고 있다.

스타셰는 아이를 씻겼다. 부엌 열판 위 재들을 모아 입으로 불어서 불을 지핀 후 캐모마일차를 끓여야겠다고 말했다.

잠에서 깬 엘제가 나타나 말했다.

"내가 뭐랬니, 쟤 아픈 애잖아. 병을 옮길 거라구."

안타나스가 엘제에게 들어가서 자라고 말하고 아직 훌쩍이고 있는 레나테를 팔로 들어 안았다.

"울지 마, 울지 마. 배가 아프니? 뭐 무서운 꿈이라도 꿨어?"

안타나스는 레나테를 창문 옆으로 옮겼다. 보름달이 뜬 하늘을 보여 주며 저 달은 밤에 자지 않는 사람들을 보면 비웃는다고 말해 주었다.

레나테는 안타나스를 안고 어깨에 뺨을 비비자 진정이 되었다. 이제 모든 게 평온하다.

스타셰는 캐모마일차를 끓여서 가져다주었다.

그때 총소리가 들렸다. 숲 언저리에서 누군가 총을 쐈나 보다.

"아, 하느님. 저기서 총 쏘네, 얼른 불 꺼."

"망할 놈의 인간들."

"이리 오렴, 얼른 가서 자자…."

그리고 안타나스에게 말했다.

"그럴 필요 없어, 그럼 더 겁을 낼 거야."

안타나스는 램프를 끄고 거기에 서서 총소리가 나는 방향을 바라보고 있었다. 여러 발의 총알이 집 근처를 지나갔다.

총소리가 잦아들었다.

집 근처 작은 길은 미끄러운 내리막길이다.

스타셰는 레나테를 마을로 데려가고 있었다. 안타나스는 집안의 '숙녀들'이 미끄러지지 않도록 길 위에 자갈을 뿌렸다.

안타나스는 스타셰를 껴안고 입을 맞춘다.

레나테 옆에 앉아서 눈을 맞추고 뺨을 만진다.

"조심해, 미끄러지지 않게."

레나테와 스타셰는 길을 나섰다.

스타셰와 레나테가 작은 숲을 따라 시내로 걸어가고 있다. 스타셰는 레나테의 손을 잡고 걸었다. 입에서 김이 새어 나왔다. 날씨가 춥다.

스타셰와 레나테 등 뒤에서 어떤 소리가 들려 돌아보았다.

옆으로 말이 끄는 짐차가 한 대 지나갔다. 그 옆으로는 화난 표정의 남자들이 조용히 지나가고 있다. 무섭게 생긴 얼굴을 한 그들이 여자애 눈을 똑바로 바라보았다.

스타셰가 레나테를 자기 쪽으로 끌어안았다. 그들은 서서 옆으로 지나가는 짐차를 보았다. 그 안에는 무언가가 짚단과 말에 입히는 천 조각에 싸여 있었다.

짐차가 지나가면서 붉은 자국을 남긴다. 피다. 그것은 목숨을 잃은 숲의 형제들*의 시체였다. 민병대들이 시체를 마을로 운반하고 있었다.

짚단에서 사람의 손이 삐져 나와 있다.

* 소련에 반대하는 리투아니아 시민군.

의사가 레나테를 보며 말했다.

“이제 괜찮을 거예요. 그냥 탈수증세예요. 토한 것은 너무 과식해서 그래요. 그리고 음식이 너무 기름져서 그럴 수도 있고요. 송아지 간이랑 우유를 먹이면 많이 좋아질 거예요.”

“송아지 간이요?”

“지금은 구하기가 하늘의 별 따기라는 거 잘 알아요. 혹시 구하게 되면 삶아서 먹이세요.”

“어떻게든 구해 봐야죠.”

“마리톄야, 표정이 왜 그래? 밝게 웃고 다녀야지.”

“웃을 거예요, 우리 딸애는 잘 웃어요.”

“스타셰 가족들은 정말 용기가 많아요.”

그러더니 레나테에게 고개를 돌려 말했다.

“얘, 마리톄야. 조금만 자주 웃으면 사람들이 더 잘해 줄 텐데. 왜 그렇게 화난 눈을 해?”

“그냥 그렇게 보이는 거예요. 정말 착한 애로 클 거예요. 이것저것 서류 만들 게 좀 많아요. 신분을 증명할 게 아무것도 없더라구요. 리투아니아 사람이 되어야 해요. 학교도 보내야 하고….”

"먼저 리투아니아어부터 가르쳐야죠. 신분증은 제가 진단증을 끊어 드릴 수 있는데… 그런데 그걸로는 부족할 거예요. 신부님이 좀 도와주시지 않을까요?"

"진단증이든 뭐든 끊어 주세요. 그러면 정말 고맙겠어요."

스타셰가 서랍장을 열어 예쁜 상자를 꺼냈다.

그 상자를 탁자 위에 놓고 열쇠를 돌려 열었다. 거기에는 스타셰가 쓰던 장신구들과 동생에게서 받은 편지 그리고 레나테가 깨뜨린 발레리나 인형도 있다.

스타셰가 레나테를 가까이 오라고 불렀다. 금귀걸이를 꺼내 끼우고 상자에 붙은 거울에 모습을 비쳐 보았다.

“이 귀걸이는 우리 엄마 거야.”

“이 발레리나… 부서졌어요….”

“괜찮아. 한 발로 서 있었잖아. 언젠가 균형을 잃고 쓰러질 줄 알았다. 가져다 버려야지.”

레나테가 예쁜 메달리온을 집어서 쳐다보았다.

“열어서 뭐가 있는지 한번 봐.”

레나테가 메달리온을 열었다. 작은 여자아이 사진이 있다.

“내 여동생 오누톄야. 얼마나 예쁜 애였는지 몰라. 자기 잊지 말라고 나에게 준 선물이야. 내가 친동생 얼굴을 어떻게 잊어버릴 수 있겠니. 지금은 카우나스에 살아. 돌아가신 아빠랑 춤을 얼마나 잘 추나 보러 갔었어. 정말 예뻤어. 줄무늬 드레스를 입고 있었지. 우리 아빠가 걔가 춤추는 걸 보면서 얼마나 우시던지."

레나테가 스타셰와 비슷한 여자의 사진을 집었다.

"여동생이에요?"

"맞아. 내 오누테야. 이런 작은 애가 이렇게 컸잖니. 엘제 언니랑 비슷하지?"

보아하니 엘제는 진작에 문가에 서 있었던 것 같다.

"그래, 다 보여 줘. 팔찌랑 귀걸이랑 다 보여 줘, 바로 훔쳐 갈걸."

스타셰는 귀걸이를 풀어 작은 손수건으로 감쌌다. 하지만 다시 상자에 넣지 않고 탁자 위에 놓았다. 상자는 잠가서 서랍장 안에 넣었다.

엘제가 옆으로 지나가는 스타셰를 보며 말했다.

"그래, 다 가져가라. 다 가져가서 팔아라."

"그 귀걸이는 언니 것이 아니라 내 거라고."

스타셰가 말했다.

레나테가 혼자 방에 남아 있었다. 알아듣지는 못하지만 스타셰와 엘제가 주고받는 소리가 멀리서 들렸다. 창밖을 보니 스타셰가 어디로 바쁘게 뛰어나갔다.

레나테는 서랍장 위에 세워 둔 사진들을 보았다. 뭐라도 또 부술까 겁나 이번엔 아무것도 만지지 않았다.

큰 방을 지나 벽에 걸린 한 남자(스타셰의 아버지인 것 같다)의 사진을 봤다. 턱수염이 멋지게 난 나이가 지긋한 사람이 사냥꾼 옷을 입고 총을 들고 있고 그 옆에는 커다랗고 영리하게 생긴 개 한 마리가 앉아 있다.

레나테는 벽에 걸린 예수의 형상을 보고 있다. 그는 보일 듯 말 듯 웃으면서 창에 찔리고 가시관을 쓴 채 손가락으로는 자신의 심장을 가리키고 있는 것 같다.

그리스도가 갑자기 살짝 웃어 보이는 것 같아 한참을 바라보았다.

레나테는 혹시나 그리스도가 무슨 징표를 주지 않을까 바라보았지만 그림은 그저 그림일 뿐이다.

갑자기 나타난 엘제를 보고 레나테가 놀랐다.

"이리 와 봐. 내가 맛있는 것 좀 줄게."

엘제는 친절한 듯 표정을 지었지만 뭔가 이상하게 불안한 눈이었다.

엘제가 빵을 잘라 식탁에 올려놓았다. 잼이 덕지덕지 묻어 있는 병을 닦았다. 그것을 열어 식탁 위에 놓고 레나테에겐 숟가락을 건네준 후 차를 따라 주었다.

엘제는 말하는 모습이 꼭 사람을 속이는 마녀 같다.

"이 잼 내가 여름에 산머루를 모아다가 직접 끓인 거야. 스타셰도 이렇게 직접 끓인 잼이 있었는데 다 먹어 버렸어. 스타셰랑 제부는 아낄 줄을 모른다니까. 전부 다 먹어 버리는 것도 모자라서 다른 사람들한테 다 줘 버려. 물론 내 동생이랑 제부는 좋은 사람들이긴 하지. 그런데 아낀다는 게 뭔지 몰라. 스타셰가 지금 어디로 뛰어갔는지 알아? 돌아가신 엄마가 준 귀걸이 팔러 갔어. 너한테 송아지 간 사 주려고. 자기들이 먹을 것도 아니면서 너한텐 뭐든지 다 주려고 해. 내다 팔 귀걸이도 없는데 음식마저 다 먹고 없으면 어쩌지? 그럼 뭘 팔 건데? 팔려고 해도 팔 게 없을 거 아냐? 넌 정말 착하지, 예쁘지? 정말 내 맘에 쏙 든다. 그런데 그 부부가 모르는 게 있는데 넌 우리 집에서 못 키워. 넌 너를 낳아 준 진짜 엄마한테 가야지. 엄마가 너 보고 싶다고 기다릴 거 아니야. 네가 오기만을 기다리며 선물도 사 놓았을걸. 그래, 잼 많이 먹어."

레나테는 잼이 정말 먹고 싶지만 한 입밖에 먹지 않았다.

"네가 모르는 게 있는데 아마 우리 동생 부부는 너 쫓아내고 싶다는 말 안 할 거야. 너는 그냥 갖고 놀기 좋은 장난감이라 데리고 있는 거거든. 인형처럼 말이야. 그런데 저 건너 숲 뒤에서 러시아 사람들이 독일 사람들을 많이 끌어모으고 있어. 거기에 네 엄마가 있다는 말도 들었어. 내 동생이랑 남편은 지금은 좋아서 널 데리고 오긴 했지만 만약 황새가 아기를 데려다주면 어떻게 될까? 그럼 넌 어디에도 필요 없게 될걸. 엄마도 널 못 찾으면 멀리 떠나서 영원히 못 보게 될 거야. 그러면 너는 아무도 관심을 두지 않아 혼자 살게 될 거야. 내가 엄마 볼 수 있게 숲까지 데려다줄게. 먹어, 어서 먹어."

레나테는 이 이상하게 웃는 여자의 말을 믿어야 할지 말지 하는 표정으로 엘제를 바라보았다.

레나테의 입술에 묻은 잼이 피처럼 보였다.

"내가 숲으로, 엄마한테 데려다줄게."

고요한 숲은 나뭇가지 하나 흔들리지 않는다. 모든 것들이 두꺼운 눈 이불에 덮여 있다.

서걱서걱 눈 밟는 소리 사이로 엘제와 레나테가 나타났다.

엘제는 뒤처지는 레나테가 따라오기를 기다렸다.

"이제 거의 다 왔어."

두 사람은 그렇게 한참을 걸었고, 레나테는 힘겹게 따라갔다. 숲은 더 우거지고 조금씩 어두워지고 있었다.

레나테가 멈춰 서자 엘제가 돌아섰다. 그녀는 교활한 미소를 짓고 있었다.

"어서 가자. 왜 서 있어? 엄마한테 가기 싫어? 엄마가 너 기다린다니까."

엘제의 입에서 바람과 어둠을 갈아 마신 듯한 뭔가 서늘한 것이 나오는 것 같다. 바람이 스친 나무 꼭대기에서 소리가 났다. 눈이 잔뜩 쌓인 겨울 전나무에서 눈이 후두둑 떨어졌다.

"이제 다 왔어."

마녀가 그렇게 말하며 한 다리를 들고 맴을 돌았다. 마녀의 입에서 폭풍우가 뿜어져 나왔다. 주변의 모든 것들이 하얗게 변하고 나무들은 범선의 기둥처럼 끝이 없는 매서운 분노의 바닷속에서 이리저리 흔들렸다.

엘제가 레나테에게 팔을 뻗어 가까이 다가온다. 더 가까이 다가온다.

폭풍우가 거세게 울고 어두운 밤이 그 뒤를 따른다. 갑자기 멀리서 레나테의 정신을 깨우려는 듯 늑대들의 울음소리가 들렸다. 레나테는 뛰기 시작했다. 주변에는 폭풍우와 나무들뿐이다. 그림자와 휘몰아치는 눈과 엘제가 거대한 소용돌이 한가운데에 있다.

레나테는 앞을 보고 달린다. 마녀의 웃음소리가 그 뒤를 따른다.

레나테가 침대에서 뒤척이고 있다. 마침내 눈을 떴다, 온몸이 땀에 절었다, 열이 난다.

부엌에서 스타셰와 엘제가 이야기하는 소리가 들렸다. 왜 레나테를 감기에 걸리게 놔뒀냐고 엘제에게 호통을 친다.

레나테는 이제 마음이 잠잠해졌다. 천장을 쳐다보는 레나테의 눈에 엄마와 형제들과 자매들의 얼굴이 떠오른다. 하지만 한 사람은 기억이 나지 않는다. 아빠다.

레나테가 베개에 머리를 파묻고 울기 시작한다.

그날들은 빠르고 달콤하게 지나갔다. 마치 꿀을 넣은 음료수나 대지 가장 깊은 곳에서 봄을 끌어당기는 나무들의 수액처럼 나뭇가지를 따라서 흐르고 태양까지 솟아올라 새싹과 꽃들과 함께 향기를 터뜨린다. 그 새싹들의 생명력 속에서 시큼한 과일과 목젖을 상큼하게 하는 청량함이 느껴진다.

그렇게 하루하루가 흘러갔다.

땔감 창고에서 레나테가 나타났다. 땔감을 한가득 쥐고 있다. 곧 땔감 창고와 헛간 지붕에 걸려 있는 고드름에 눈이 갔다. 참으로 많기도 하다. 거대한 용의 이빨처럼 걸려 있다.

레나테는 땔감을 아래에 내려놓고 고드름을 쳐다보다가 한 개를 만져 본다. 그러다가 고개를 들어 구름을 바라보았다.

레나테는 장작 하나를 들어 신나게 고드름을 부수었다. 장작이 닿기만 해도 힘없이 부서졌다.

어디선가 반쯤 취해 나타난 미키타를 보고 놀랐다.

"너 지금 여기서 뭐 하는 거야?"

전혀 예상치 못한 상황에 레나테는 숨이 턱턱 막혔다. 레나테는 몸을 돌려 땔감을 손에 들고 놀란 눈으로 미키타를 쳐다보았다.

"여기서 뭐 하냐고? 말해 봐. 넌 대체 누구냐. 너 독일 년이지, 독일 년. 하일 히틀러 해 봐, 하일 히틀러 해 보라고. 내 말 안 들려? 너 독일 년이잖아."

"내 이름은 마리테예요."

"너 독일 년인 거 다 알고 있어. 나 총 있다. 너 같은 거 쏴 죽이는 건 일도 아니야."

"내 이름은 마리테예요."

"아냐, 너 독일 년이야. 하일 히틀러 해 보라고!"

미키타는 한 손으로는 총을 들고 다른 손으로 여자아이의 목을 잡았다. 그는 눈이 벌게졌다. 레나테는 숨이 막혔지만, 쉰 목소리로 "내 이름을 마리테예요"를 반복했다.

마당을 가로질러서 안타나스가 뛰어왔다. 레나테 쪽으로 와서는 소련 민병대 미키타를 잡고 아이를 떼 낸 후 총을 빼앗아 미키타를 고드름이 쌓인 땔감 더미 위에 눕혔다.

"우리 애한테 대체 뭘 하는 거야? 이 짐승 같은 놈아, 대체 뭘 하느냐고. 네가 우리 아버지한테 진 빚이 얼마냐? 아버지 밑에서 일하면서 호사롭게 살았잖아. 게다가 우리가 너한테 못해 준 일이 뭐가 있어? 말 좀 해 봐라, 이 개자식아…."

안타나스는 미키타를 강하게 눌렀다.

"그냥 장난친 거야. 그냥 장난이나 좀 치려고 한 건데, 내가 하긴 뭘 어쨌다고…."

"우리 애를 한 번만 더 건드리면 그땐 죽을 줄 알아."

안타나스는 총에서 탄알을 뽑아 눈 속으로 던지고 미키타에게 총을 내던졌다.

"애야, 두려울 거 하나도 없어. 아무도 널 못 건드릴 거야, 아무도 못 건드려. 얼른 집에 들어가자."

집으로 가는 그들을 미키타가 눈빛으로 따라갔다. 울고 있는 것 같은 그의 눈에서 술인지 눈물인지 모를 것이 흘러내렸다.

안타나스가 침대에 걸터앉아 아궁이에서 타들어 가는 장작을 바라본다. 그 옆엔 스타셰가 남편을 끌어안고 머리를 어깨에 기대고 앉아 있다.

“의사가 말한 대로 해야 하는 거 아닐까? 신부님한테 가면 어떻게든 신분증을 만들 수 있지 않겠어? 이제 너무 위험해. 병신 같은 미키타가 우리 애한테 겁을 주고 다니잖아. 하긴 미키타가 아니래도 레나테를 괴롭힐 사람은… 가엾은 것… 신부님한테 훈제 돼지비계랑 마지막 남은 꿀 한 통이라도 가지고 가 보자. 신분증을 만드는 거 말고는 할 수 있는 게 없어.”

“그래, 자기야, 그렇게 하자.”

스타셰가 안타나스와 입을 맞추었다.

“안 돼, 스타셰. 애가 보잖아.”

레나테는 방 문턱에서 안타나스가 스타셰에게 하는 이야기를 눈을 똥그랗게 뜨고 쳐다보고 있었다. 레나테는 몸을 돌려 방으로 갔다. 스타셰와 안타나스가 살짝 웃었다.

스타셰가 레나테와 함께 마을 광장을 지나가고 있다. 술 취한 민병대 병사가 지나가면서 사람들을 꼼꼼히 지켜보고 있다. 그는 광장에 내던져진 훼손당한 시민군들의 시체를 지키고 있었다.

아이가 끔찍한 죽음의 얼굴을 보지 못하도록 스타셰가 손바닥으로 눈을 가렸다.

"애 눈은 왜 가려? 반란군들이 누워 있는 모습을 걔도 봐야지."

민병대 병사가 말했다. 스타셰는 아무런 대답도 하지 않았다. 세상의 모든 것들로부터 딸을 지키려는 것이다.

여자와 아이는 성당 안으로 들어갔다. 스타셰가 무릎을 꿇고 성호를 그었다. 레나테를 의자에 앉혔다.

"우리 딸, 여기서 기다리고 있어. 곧 올 테니까. 신부님을 좀 뵙고 올게."

성당에는 사람이 거의 없었다.

레나테는 혼자 남아 제단 위 커다란 예수상과 천사와 다른 성인들을 쳐다보았다. 그리고 조용히 기도를 시작했다.

'하느님, 제발 모든 사람이 행복하게 해 주세요. 사람들이 아무 이유 없이 죽어 가고 있어요. 모두 가족을 찾고 배고프지 않게 해 주세요. 두려움을 없애 주세요.'

그리스도는 고요하고 자비롭게 웃으면서 레나테를 내려다보았다.

시간이 조금 지나자 스타셰가 돌아왔다. 레나테의 손을 잡고 신부 집무실로 들어갔다. 거기엔 덩치가 크고 얼굴이 붉지만 마음씨가 좋아 보이는 신부님이 앉아 있었다.

스타셰와 레나테가 집무실로 들어가자 신부가 몸을 돌렸다.

"여기 길 잃은 가엾은 영혼이 왔구나. 꼬마야, 넌 이름이 뭐니?"

"내 이름은 마리톄예요."

겁난 눈으로 여자아이가 말했다.

"참으로 똑똑한 아이네요. 우리 마리톄 정말 똑똑하기도 하지."

신부가 웃었다.

그는 잠시 말없이 바라보았다. 하지만 눈은 웃고 있었다. 정말 좋은 사람인 것 같다는 생각이 들었다.

안타나스와 스타셰가 침대에 누워 있었지만 아직 잠이 들지는 않았다.

"신부가 물었어. '예수 그리스도를 믿느냐'고. 그러자 아이가 '예, 믿어요' 했지."

"기특한 아이."

"그리고 나서 신부가 물었지. '넌 가톨릭 신자니?' 하지만 아이는 쳐다보기만 할 뿐 아무 말도 못 했어. 아이가 자기가 가톨릭 신자인지, 개신교 신자인지 아니면 다른 신앙인지 어떻게 알겠습니까, 하니까 신부가 '우리는 너에게 세례를 주어야 하는데, 두 번 받더라도 해가 되지는 않을 거야' 하셨어. 그리고 필요한 서류를 만들어 주겠다고 했지.

신부님은 아이를 사망자 명단에 올릴 거고, 오류가 있었다는 설명과 함께 이름을 지워 버리면 된다고 하셨어."

"신부님이 그렇게 말씀하셨다면 무슨 상황인지 다 알고 있다는 뜻이야. 이제 모든 것이 잘될 거야. …당신도 들었지?"

둘이 귀를 세우고 듣고 있다.

지금 누군가 문을 쾅쾅쾅 두들기고 있다.

안타나스가 누군지 보려고 일어났다.

침대에서 나와 부엌으로 갔다. 창문 너머 누군가가 서 있었다. 계속 문을 두드렸다.

"거기 누구요? 왜 그러시는 거요? 뭐 때문에 온 겁니까?"

"저예요, 미키타. 할 얘기가 있으니 문을 열어요, 당장."

침실 입구에 스타셰가 서 있다.

엘제도 방에서 나왔다.

안타나스가 현관으로 다가가 걱자를 열어 미키타를 안으로 들였다. 모두 부엌으로 갔다.

"얼른 도망가요. 짐을 싸서 당장 도망가야 해요. 오늘 밤 이 집 식구들을 모두 잡으러 올 거예요."

"아, 주여."

두려움에 휩싸인 스타셰가 조용히 숨을 내쉬었다. 누가 시키지도 않았는데 손을 쥐고 기도를 시작했다.

"누군가가 저 독일 년 때문에 이 집 식구들을 신고한 모양이에요. 난 아니에요, 난 정말 아니에요."

안타나스가 스타셰를 바라보았다. 그도 뭘 어떻게 해야 할지 모르는 것 같다. 놀라지도, 겁을 내지도 않는 엘제에게 눈길이 향했다.

"안타나스… 저는 아니에요. 얼른 도망가라고요."

미키타가 다시 한번 상기시키고 현관으로 나가서는 어둠 속으로 사라졌다.

"이제 어떡해. 주여, 주여. 이게 대체 웬일이야."

창문 밖으로 숲에서 농장 쪽으로 불을 밝히고 들어오는 자동차들이 보였다.

"이제 끝이야. 다들 오고 있어. 애 깨워. 따뜻한 옷이랑 이불 챙겨. 난 먹을 것을 좀 챙길게, 얼른 나갈 준비해."

스타셰가 겁에 질린 채 문가에 서 있는 레나테를 보았다. 스타셰가 여자아이를 품에 안고 울었다.

"우리를 집에서 쫓아낼 거야. 우린 집에서 나가야 돼. 아가야, 이게 우리의 운명이야."

"그만해, 스타셰. 얼른 아이 챙겨 나갈 준비해. 저 악마들이 우리 사정 봐줄 것 같아!"

남자가 심각한 목소리로 말을 잘랐다. 외투를 챙겨 놓고 돼지비계를 찾으러 나갔다.

"이 악마 년 때문에 우리 전부 끌려갈 거라고 내가 몇 번을 이야기했어. 내가 이야기했잖아."

성난 목소리로 엘제가 한탄했다.

"이 피도 눈물도 없는 인간아, 입 닥쳐. 누구든 우리 착한 애한테 털끝 하나 건드려 봐. 마리테, 얼른 나갈 준비하자."

스타셰는 서둘러 다른 방으로 갔다.

레나테는 가만히 서서 놀란 눈으로 주변에서 벌어지고 있는 일들을 바라보고 있었다.

안타나스가 들어와 훈제 비계를 식탁 위에 놓았다. 스타셰가 레나테가 입던 코트를 가져와 스웨터를 입혀 주었다.

"얘야, 얼른 서둘러야 해. 어떻게든 최대한 멀리 도망가. 아무도 널 못 잡을 만큼 아주 먼 곳으로. 의사 선생님한테 가라. 내 친구 아넬레 아줌마 말이야. 그 아줌마라면 널 도와줄 거야. 기억나지? 네 몸무게도 재고 이야기했던 거기 말이야. 기억나지?"

레나테가 고개를 끄덕였다.

자동차 불빛이 창문을 뚫고 들어왔다. 사람들의 말소리와 걸음 소리에 이어 문을 두드리는 소리가 들렸다.

놀란 스타셰가 레나테를 다른 방으로 옮겼다.

안타나스의 목소리가 들렸다.

"거기 누구세요. 잠깐 기다리세요. 옷 입고 나갈게요."

스타셰는 레나테를 잠시 혼자 두고 나갔다가 다시 뛰어들어 왔다. 계속 거칠게 문 두들기는 소리가 들렸다. 스타셰는 동생의 초상화와 십자가가 있는 메달리온을 가져와 레나테에게 주었다.

스타셰는 레나테에게 입을 맞추고 성호를 그었다. 창문을 열어 여자애가 밖으로 나가도록 도와주었다. 울면서 말했다.

“우리 딸 얼른 도망가. 하느님이 도와주실 거야. 나 잊으면 안 된다. 나랑 안타나스 꼭 기억해야 돼.”

레나테는 겁을 먹었다. 자동차 시동 소리가 시끄럽게 울렸다. 레나테는 눈 위에 고꾸라졌다가 다시 일어나 쉬지 않고 달음질쳤다.

스타셰는 부엌으로 갔다. 민병대들이 있었다. 그중 얼굴이 붉고 덩치가 큰 민병대장이 서 있었다.

독일 계집이 어디 있냐고 물었다.

“무슨 독일 계집을 말하는 거예요?”

안타나스도 지지 않고 말했다.

“안타나스, 내가 지금 농담하는 거 같아? 계집애 어딨냐고? 안 그러면 얼굴을 피떡으로 만들어 주겠어.”

“계집애요? 처제 딸 말하는 거예요?”

“딸? 그 딸은 어디 갔어?”

“버스 태워서 카우나스로 보냈지요.”

민병대장이 갑자기 개머리판으로 안타나스를 내리쳤다.

“뭐라는 거야, 그 애를 보냈다고? 집 샅샅이 찾아봐.”

부하들에게 명령했다.

민병대 두 명이 방이란 방을 샅샅이 뒤지기 시작했다. 스타셰는 안타나스를 안아 주었다. 남편 입술에서 피가 끊임없이 흘렀다.

레나테는 숲을 뛰어갔다. 쓰러진 나무에 걸리기도 하고 눈에도 넘어졌다. 잠시 누워서 무슨 소리가 나는지 듣다가 다시 일어나 뛰었다.

마당에 민병대들의 트럭이 서 있다. 그 옆에는 무장한 군인들이 있다. 안타나스와 스타셰가 집에서 끌려 나왔다. 차 안에 짐 보따리를 집어넣고 짐칸에 올라 서로를 끌어안은 채 서 있었다.

누군가 소리를 질렀다. 엘제다.

문가에 서서 아무 데도 안 간다며 소리를 질렀다.

민병대장이 힘껏 엉덩이를 찼다. 엘제가 계단에서 마당으로 떨어졌다. 배를 땅에 대고 누워 몸을 바르르 떨었다.

"얼른 일어나, 이 쌍년아. 소처럼 울지 말고."

엘제는 일어났다. 민병대장에게 무릎으로 기어가 울면서 발에 입을 맞추었다. 그리고 소리 내어 울었다.

"전 잘못이 없어요, 잘못이 없어요. 독일 계집은 제가 들인 게 아니에요. 내가 그런 것도 아닌데 시베리아에 왜 가요. 대장님, 제가 시베리아에 왜 갑니까? 전 잘못이 없다니까요. 잘못이 없어요. 그 애가 독일 계집이라고 제가 수도 없이 말했어요. 내쫓아야 한다는 말도 했고요. 분명히 이야기했어요. 제가 데려온 게 아녜요. 제가 안 데려왔어요. 대장님, 좀 용서해 주세요. 제가 너무 늦기 전에 말씀드린 거잖아요. 안 숨겼잖아요. 그 애 독일 계집이니까 등록해야 되는 거 저도 잘 알고 있었어요."

개머리판이 엘제의 얼굴을 내리치자 잠잠해졌다. 아무 말도 못 하고 땅으로 주저앉았다. 얼굴이 온통 피투성이다.

차에서 안타나스가 뛰어내렸다. 엘제를 부둥켜 일으켜 세워 트럭에 타는 것을 도와주었다. 정신이 돌아온 엘제가 흐느끼기 시작했다. 희망을 잃은 소리 없는 흐느낌이었다.

스타셰는 언니를 끌어안아 조심스럽게 피가 잔뜩 흐르는 얼굴을 닦아 주었다. 그 옆에는 안타나스가 앉아 있다. 셋은 서로를 꼭 껴안고 짐칸 구석에 앉아 있다.

트럭이 움직였다. 농장에서 점점 멀어진다.

스타셰, 안타나스, 엘제의 모습은 멀리 사라졌다. 더 이상 그들을 볼 수 없게 되었다. 트럭은 선으로만 보인다. 자동차의 불빛만 보일 뿐이다.

레나테가 숲을 헤맨다. 트럭 소리가 들린다. 자동차의 강한 빛이 나무 사이를 찢으며 돌진한다.

스타셰와 안타나스를 유형지로 끌고 가는 트럭일 것이다. 아니면 다른 트럭일 수도 있다.

레나테는 옆으로 지나가는 고물 자동차의 붕붕 엔진 소리를 들었다. 레나테의 눈에는 두려움도 분노도 보이지 않는다.

이른 아침. 마을 큰길 끝 몸집이 작은 아이가 나타났다. 레나테다. 제대로 길을 가고 있는지도 모르면서 그저 부지런히 앞으로만 가고 있다. 마침내 낯익은 집을 찾아냈다. 응급 의사가 일하고 있던 집이다.

레나테가 문을 두드렸다.

응급 의사가 문을 열더니 겁에 질려 물었다.

"무슨 일이니?"

"저, 마리테예요. 우리 엄마를 시베리아로 끌고 갔어요. 민병대들이 아빠도 시베리아로 끌고 갔어요."

응급 의사는 레나테가 하는 말을 알아듣고는 더 소스라치게 놀랐다.

"어머, 주여, 스타셰를 끌고 가다니…. 아, 주여, 세상에 스타셰를…."

"여기에 가라고 했어요, 도와주실 거라고."

"내가 스타셰한테 너를 도와줄 일이 없을 거라고 분명히 말했어. 넌 죽음을 불러오는 애라고. 넌 불행 그 자체야, 걸어다니는 불행. 얼른 꺼져, 여기 말고 다른 데로 가. 난 안 돼. 난 너 못 거둬. 얼쩡거리지 말고 얼른 나가. 우리 집안에 불행이

닥치니까 얼른 다른 데로 가."

의사는 여자아이의 코앞에서 바로 문을 쾅 닫아 버렸다.

레나테는 뭐라도 기다리는 듯 잠시 가만히 서 있다가 등을 돌려 힘없이 밖으로 나갔다. 어디로 가야 할지도 몰랐다.

그런데 의사가 문을 열었다. 울면서 밖으로 나와 레나테 곁으로 뛰어왔다. 레나테의 손에 음식 보따리를 쥐여 주었다. 재빨리 성호를 그어 주면서 집에 들어가 문을 닫았다.

레나테는 걸음을 이어 간다.

레나테는 오래된 사우나 건물에 등을 기대고 앉아 흔들리는 나무 위에서 재잘거리는 봄날의 새들을 바라보고 있다.

햇빛이 비치고 작은 강물이 흐르고 풀이 흙을 뚫고 나온다.

레나테는 의사가 준 보따리를 열었다. 햄 한 덩이와 빵 조각, 달걀 두 개가 있다. 먹기 시작했다.

레나테는 성당으로 들어갔다. 텅 빈 내부에서는 메아리가 울렸다. 스타셰와 같이 왔던 바로 그 성당이다.

레나테는 고개를 들어 나무에 매달린 예수 그리스도의 조각상을 쳐다보았다.

기침 소리 같은 것이 들렸다. 제단 너머 신부 집무실에서 누군가 나와 한쪽 무릎을 꿇고 아이를 말없이 바라보았다. 민병대 운전사였다. 그는 군인들이 안타나스와 스타셰를 체포할 때 그곳에 있었지만 멀리서 보고만 있었다.

레나테는 신부 집무실로 들어갔다.

낯이 익은 신부가 신부복을 입고 성의들을 정리하고 있었다. 레나테는 조용히 다가가 서서 느릿느릿 일을 하고 있는 신부를 쳐다보았다.

신부가 무언가 느꼈는지 뒤를 돌아봤다. 레나테를 보더니 놀라며 미소를 지었다.

"아, 우리 마리톄가 왔구나."

"엄마를 데리고 갔어요…."

"안다…. 스타셰와 안타나스 정말 좋은 사람들인데, 기아와 고난의 길에 들어선 그들을 주님께서 불쌍히 여겨 주소서."

"절 좀 도와주세요. 절 집에 데려가 주세요. 하느님 믿어요. 저 천주교 신자 맞아요."

신부가 레나테를 내려다보았다. 그의 눈빛이 매섭다. 아니면 뭔가 깊게 생각에 빠졌는지도 모르겠다.

레나테는 그릇에 담긴 수프를 먹었다.

신부가 부인과 이야기하는 소리가 들렸다.

신부가 부인에게 손을 뻗어 종이 한 장을 건넸다.

"여기 주소로 데려가세요. 거기에는 아직 저 아이를 돌봐 줄 수녀들이 몇 있습니다. 마침 볼레슬라바스가 민병대들을 카우나스로 데리고 갈 거예요. 이 여자애에 대해서는 절대 한마디도 하지 말고, 나랑 학교를 같이 다닌 라모유스 신부에게 데려다주기만 하면 됩니다. 그럼 어떻게 해야 할지 잘 알 거예요. 자매들이 다 수녀들이니 잘 품어서 돌봐 줄 겁니다. 카우나스는 큰 도시니까 더 안전할 거예요…."

봄날의 태양이 날카롭게 부서진다. 민병대 운전사 볼레슬라바스가 레나테의 손을 잡고 있다. 그들은 트럭 근처에 섰다. 어깨에 총을 멘 민병대 몇 명이 기다리고 있었다. 독한 술을 마시며 웃고 있다. 운전사 볼레슬라바스가 인사했다.

"어, 이게 누구야? 네 딸이야?"

민병대가 물었다.

"아니, 친척이야. 카우나스에 데리고 가려고, 자리 있나?"

"있어."

민병대가 고개를 끄덕였다.

"그 애 이름이 뭐야?"

다른 민병대가 물었다.

그때 트럭에서 미키타가 나왔다. 그와 레나테의 눈이 마주쳤다. 놀란 레나테는 정신이 나갈 것만 같았다. 모든 민병대가 그 아이의 이름이 무엇인지 궁금해하고 있다. 레나테는 말이 없다. 미키타가 웃었다.

"쟤 이름 마리테입니다. 내가 아는 앱니다. 어서 다들 타세요. 뒤에 마리테도 태워 줘요."

중위가 오자 미키타가 말했다. 민병대들이 레나테를 뒤에 태웠다.

민병대 중위가 매서운 눈으로 민병대들을 바라보더니 자동차에 올라 운전사 옆에 앉았다.

남자들이 차에 오르자 트럭이 움직였다.

민병대를 실은 트럭이 마을을 벗어났다. 차가운 봄바람이 두꺼운 코트 안을 파고 들어온다. 목도리를 제대로 묶고 모자는 옆 날개를 펴서 귀를 덮고 개머리판으로 중심을 맞춰 바닥에 쌓아 둔 총들을 잡고 벽 쪽으로 길게 난 나무 의자에 앉아 있다. 머리가 잘 돌아가거나 맨 먼저 차 안으로 들어온 사람들이 트럭 안쪽에 웅크리고 자리를 잡았다. 그쪽이 더 따뜻했다. 미키타는 레나테에게 반쯤 앉아 있고, 반쯤 누워 있는 남자들 틈으로 들어가서 편하게 자리를 잡으라고 말했다. 레나테가 그들 사이로 비집고 들어가자 바람이 거의 닿지 않았다. 천막과 민병대들의 어깨가 바람을 막아 주는 셈이었다. 레나테는 이제 뒤로 사라지는 하늘과 구름, 마을의 나뭇가지들을 바라보았다. 그리고 바닥에 자리를 잡지 못해 총에 기댄 채 겨우 서 있는 남자들의 얼굴을 쳐다보았다. 모두 바람에 얼굴이 붉게 변해 있었다. 레나테는 그들이 모두 똑같이 생겼다는 생각이 들어 놀랐다.

트럭은 어느덧 마을을 벗어나 평원으로 들어섰다. 그제야 위아래로 뒤엉켜 꺼지지 않는 전쟁의 포화인 듯 커다랗게 변해 굴러다니는 구름이 뚜렷하게 눈에 들어왔다. 하늘을 보니 마음이 편치 않다. 마음이 이루 말할 수 없는 두려움과 암흑으로 들어찼다. 엄마, 로테 고모가 머리에 떠오르고 잠시 후 모니카, 브리기테, 헤인츠, 마르타 이모 같은 소중한 사람들과 못살게 굴었던 사람들이 차례로 떠올랐다. 덜컹거리는 트럭은 양쪽으로 기우뚱거리지만 끝나지 않을 것처럼 박자를 맞추는 음악 소리 같은 트럭의 소음은 사람을 노곤하게 만들었다. 레나테의 눈이 감겼다. 그동안 겪었던 불안과 고단함이 멍에가 되어 레나테의 눈꺼풀 위에 무겁게 내려앉았다. 자동차 엔진 소리와 바퀴가 굴러가는 소리, 바람의 휘파람 소리가 레나테의 이성을 꿈으로 덮고 현실이 환상과 동화와 한데 섞였다. 엄마가 보이는데 얼굴을 볼 수가 없다. 엄마는 웬일인지 등을 돌리고 서서 고개도 돌린 채 사랑하는 딸, 레나테를 보려고 하지 않는다. 레나테는 엄마를 불러 보고 싶지만 말문이 막혔다. 돌을 목 안에서 끄집어내듯 어렵게 엄마의 이름을 불렀다. 마침내 고개를 돌린 사람은 엄마가 아니다. 정확히 말해서 엄마인 것 같지만 다른 얼굴을 한 사람이다. 그 얼굴들은 레나테 식구들 집에 살던 낯선 러시아 여자들의 얼굴과 똑같다. 손에는 살찐 응석받이 고양이가 들려 있다.

갑자기 울린 총소리에 레나테가 정신을 차렸다. 트럭은 이미 숲에 들어와 있었다. 자동차 안에 있던 남자들은 총을 들고 트럭 옆으로 몸을 숙였다. 몇 발의 총성이 다시 울리자 자동차 안에 있던 남자들도 총을 쏘기 시작했다. 갑자기 가장 어린 남자가 총에 맞아 머리에서 피가 튀었다. 트럭 옆 길바닥으로 떨어졌다. 트럭이 무섭게 흔들렸다. 갸우뚱하더니 갑자기 길가에 서 있는 나무와 충돌했다. 레나테는 자동차에 머리를 부딪혔다, 세상이 제자리에서 맴돈다. 무언가 머리 위에 쿵 하고 떨어지더니 모든 것들이 멀어졌다. 소리는 마치 큰 돌덩어리를 안고 우물 안으로 뛰어드는 듯 커다란 메아리에 묻혔다.

눈을 떴을 땐 주변이 조용했다.

레나테 위로 뭐가 떨어졌는지 여전히 몸을 짓누르고 있어서 숨 쉬는 게 힘들었다. 정수리를 빼고는 아픈 곳은 없지만 입안에는 피의 찝질한 맛이 느껴진다.

몸을 움직였다. 손이 저릴 정도로 몸을 짓누르던 것에서 겨우겨우 손을 빼내고 온몸에 힘을 주어 위에 누워 있던 사람을 밀어내고 밖으로 빠져나왔다. 노을이 지는 걸 보니 곧 밤이 되려는가 보다. 이 모든 것들이 정말 순식간에 벌어진 일이다. 자동차 안에는 남자들 몇 명이 누워 있다. 다들 죽어 있다. 레나테 위에 누워 있던 사람은 미키타였던 것 같다. 레나테는 자동차 안에 서서 둘러보았다. 다른 남자들 역시 전부 죽어 있다. 차도와 인도 위에 이상한 모습으로 엉켜 있다. 이 끔찍한 시절에 레나테는 죽음과 맞닥뜨린 적이 한두 번이 아니다. 하지만 지금은 평소보다 더 끔찍하다. 아마도 레나테 때문에 이 모든 일이 일어났다고 바람에 흔들리며 낮은 목소리로 속삭이는 것 같은 숲의 전나무 가지들 때문인지도 모른다. 레나테는 후들거리는 다리로 사다리를 타고 아래로 내려왔다. 조금 전에 커다란 나무와 부딪혔던 자동자 주변을 한 바퀴 돌았다. 운전석에서 머리를 아래로 내려뜨린 운전사 볼레슬라바스가 보인다. 문을 열고 도망치려 했던 모양이다. 레나테는 손으로 입술을 긁었다. 손바닥이 붉게 물들었다. 그래도 아픈 곳은 하나도 없다. 대체 이 피는 어디서 나온 것일까? 생각해 보니 자기 피가 아니라 죽은 민병대 미키타 것인 듯했다. 자기 피가 아닌 모르는 사람들의 피가 자기 것과 똑같다는 것이 신기하지만 한편으로는 짜증이 나기도 했다. 레나테는 길옆 웅덩이에 꿇어앉았다. 저주가 찾아오고 있다. 봄눈이 녹아 흐르는 물에 손과 얼굴을 씻었다. 찬물로 씻으니 정신이 다시 돌아오는 듯했다. 레나테는 일어나 뒤도 돌아보지 않고 길 가운데로 걸었다. 트럭과 충돌해 꺾여진 전나무를 뛰어넘어 어디에 홀린 듯 먼 곳을 향해 걸었다.

숲이 크지 않았던지, 숲이 끝난 곳에서 매복을 하고 있었는지는 모르겠으나 어쨌든 숲을 빠져나오는 데 그리 오랜 시간이 걸리지 않았다. 해는 저물고 온 세상이 푸르스름한 저녁으로 뒤덮이고 숲에서는 연기가 솟는다. 어디로 가야 할지, 저 깊은 곳에 무엇이 있을지 모르지만 신경 쓰지 않고 앞을 향해 걸어갔다.

엔진 소리가 들렸다. 레나테는 옆길로 내려가 풀숲에 몸을 숨기고 기다렸다. 오토바이와 검고 반짝이는 승용차가 보였다. 죽음을 싣고 달리는 자동차인 것 같다. 사람을 죽이는 일이 잘 되었는지, 아직 숨이 꾸루룩 넘어가는 사람은 없는지 확인하기 위해서 달려가는 자동차다. 저 자동차가 시체들을 모두 모아

올 것이다. 레나테는 여기에 남아 있을 수 없다. 이 길로 갈 수도 없다. 들판으로 달음질치기 시작했다. 훌쩍이는 봄의 들판을 건너 이 길을 뒤로한 채 연기 속으로 아주 멀리멀리 내달려 사라졌다.

마침내 아침이 빛을 되찾았다. 빛과 안개, 모든 물건이 이른 아침 시간의 햇빛 속에 빠져 있다. 레나테는 어제 해가 진 뒤 발견한 오래전에 쌓아 놓은 건초 더미에 몸을 묻고 있다. 여우나 족제비 같은 것이 건초 더미의 밑바닥을 갉아서 작은 굴을 뚫어 놓았다. 힘을 주어 몸을 집어넣으니 굴이 마침 몸에 딱 맞았다.

밤은 춥다. 길을 잃은 이가 이른 봄날의 밤에 꿈꿀 수 있는 최상의 숨을 곳을 찾았다 하더라도 어린아이의 몸은 시리고 다리는 나무처럼 얼어붙는다. 여전히 움직이기가 겁이 난다. 우리를 현혹하던 따뜻함은 여전히 세상을 싸고 있다가 부스러기처럼 흩어진다. 몸이 떨릴 만한 추위는 뼈를 얼어붙게 만들었다. 레나테는 눈이 감겼다. 아직도 비몽사몽이다. 밤새 선잠을 자다가 깨다가를 반복하다가 다시 온통 추위뿐인 꿈속으로 가라앉는다. 거기에선 개와 헤인츠가 보인다. 보리스도 보이지만 엄마의 얼굴은 꿈속에서도 잘 떠오르지 않았다. 울면서 엄마에게 모습을 보여 달라고 사정하지만 다른 사람들은 다 나타나도 엄마는 보이지 않았다. 스타셰도 꿈속에서 모습을 드러냈다. 웬일인지 스타셰는 장작 더미 위에 앉아 슬픔과 그리움이 느껴지는 노래를 불렀다. 엄마가 불러 주던 바로 그 노래다. 레나테는 춤을 추어 보려고 했지만 몸이 말을 듣지 않았다. 통나무처럼 무거워지고 다리도 꿈쩍할 수가 없다. 레나테는 어쩔 수 없는 자신의 상황을 한탄하며 눈물을 흘렸다.

마침내 아침이 밝자 레나테가 눈을 떴다. 멀리 어딘가에서 어치가 높은 소리로 운다. 건초 더미에서 내려와 보니 100미터쯤 밖에 농장 하나가 버려진 채 남아 있다. 아마 몇 달 전 불타 없어진 것 같다. 오두막과 모든 것이 타서 없어지고 굴뚝만 남았다. 굴뚝과 오래전에 쌓아 둔 건초 더미, 이게 남은 전부다. 이 건초 더미가 타지 않은 것이 신기하다.

몸이 굳어질 정도로 끔찍하게 추운 날씨다. 얼어붙은 다리를 손으로 문지르며 열을 내 본다, 어지러워진다.

레나테는 이제 앞으로 나가야겠다는 생각뿐이다. 다시 발걸음을 뗐다.

끝이 없는 벌판에 작은 형체.

레나테는 단조로운 음악처럼 흔들리며 앞으로 나아갔다. 몇 발짝 가고 있는지 세어 보기도 했다. 알고 있는 유일한 기도문을 외우기도 했다.

"하늘에 계신 우리 아버지…."

그러자 갑자기 구름이 갈라지고, 태양이 금 망치를 내려 땅을 내리치는 것처럼 빛나고, 하늘은 소리로 가득 채워졌다. 새들의 노랫소리가 들렸다. 마치 밤의 희끗희끗한 장막이 찢어지고 추위가 밀려간 것 같았다.

레나테는 길을 가고 있다. 하늘로 솟아오른 종달새 소리를 들었다.

이제 춥지 않다. 어제 민병대의 차를 타고 가다가 벌어진 일들은 모두 꿈만 같다. 군인들의 시신은 이전에 듣던 동화의 한 장면인 것 같다.

갑자기 해를 본 것이 얼마 만인가 하는 생각이 들었다. 언제 그런 것들이 떠오르고 지는지도 잊어버린 것 같다. 구름, 안개, 눈 그런 것들이 레나테가 기억하는 옛날의 전부였다. 지금은 무엇인가가 그것들을 휘어잡아 완전히 바꿔 버렸다.

갑자기 난데없이 안개의 잔해와 공허함 속에서 말 한 마리가 나타났다. 길고 노란 갈기가 난 말이 커다란 머리를 떨구고 있다. 말은 마차를 끌고 있다. 덜컹덜컹 소리를 내며 잰걸음으로 마차를 끄는 말의 목에서 별이 빛난다.

"꼬마야, 이렇게 이른 아침에 혼자서 어딜 가고 있니?"

여자가 웃으며 말했다.

"내 이름은 마리테예요."

말을 부리던 남자가 하얗고 가지런한 이를 내보이며 천둥 같은 소리로 웃었다.

"알았다, 마리테야. 그런데 어딜 가는 거니?"

"저 가톨릭 신자예요."

마리테가 말했다.

"할렐루야. 우리도 가톨릭 신자란다. 성당에 가는 길이야."

여자가 웃으며 말했다. 레나테는 어떤 단어도 담기지 않은 고요한 눈으로 조용히 바라보았다.

“오늘은 성당 가는 날이야, 오늘 주님이 부활하셨어. 올라타거라.”

남자가 말했다.

“엄마는 어디 있니?”

여자가 묻는다.

“카우나스….”

마리톄가 대답했다.

그 마음 좋은 사람들은 더 이상 질문을 하지 않았다. 두 사람 다 떠돌이 방랑자들을 수없이 보았다. 그런 시절이다. 러시아 아이들, 독일 아이들, 리투아니아 애들 이루 말할 수 없을 정도로 많은 고아가 마을과 도시를 떠돈다. 여자는 작은 봉지를 뒤져 손수건에 쌓인 커다란 파이 조각을 꺼내 배가 고프냐고 묻지도 않고 손을 뻗어 건넸다. 예쁜 파이 조각은 치즈와 계피 향기가 났다. 아주 커다란 조각인데도 한없이 작아 보였다.

마리톄는 즐거운 듯 고개를 끄덕이는 말이 끄는 마차를 타고 봄날의 햇살이 눈부신 들판을 가고 있다. 밝게 빛나는 말의 꼬리가 아름답다. 태양이 대지를 덮자 안개가 사라진다. 햇빛을 받은 마리톄의 몸이 따뜻해지고 천근만근인 눈꺼풀이 감긴다.

여자가 말했다.

“마리톄야, 건초 더미 위에 좀 누워. 눈을 뜨지를 못하는구나.”

마리테가 금빛 건초 더미 위에 눕자 여자가 다리를 천으로 잘 덮어 주었다. 마리테는 기분이 한결 나아졌다. 남자가 채찍을 머리 위로 들어 때리자 작은 말은 빨라진 발걸음으로 길을 따라 내려갔다. 소녀는 마음이 평온해지면서 잠에 빠진다.

"이 여자애 아픈 것 같애. 한동안 잠도 못 잔 거 같고."

마리테는 넓은 들판에 있는 꿈을 꾼다. 들판 여기저기서 버섯이 자라듯이 파이가 솟아오른다.

푸르르르르, 남자가 말을 세우자 레나테는 눈을 떴다.

시간이 꽤 지나 해는 벌써 중천에 떴고 마차도 도시에 들어섰다.

여자와 남편이 신발을 갈아 신었다. 성당에서 신는 신발은 따로 있었다. 평상시에 신던 신발은 짚단 아래에 감추었다.

그들은 계속 가고 있다. 여자는 레나테를 보고 웃으면서 바구니에서 빨간 달걀을 꺼냈다. 하얀 십자가와 흰 줄이 쳐진 부활절 달걀이다.

"받아, 성당에 가져가. 성당에 가져가면 신부님이 축복해 주실 거야. 그러면 축복받은 부활절 달걀을 갖게 될 거야."

여자가 말했다.

"고맙습니다."

성당까지는 시간이 얼마 걸리지 않았다. 사람들이 성당 문을 통해 밀려 들어갔다. 성당 옆에는 마차들이 들어서 있고, 옆에는 말들이 콧소리를 내고 울면서 땅에 발자국을 깊이 파고 있었다. 엄마의 손을 잡고 걸어가는 아이들과 남자들이 성당에 들어서며 모자를 벗었다.

레나테를 데리고 온 남자가 마차를 성당 마당에서 멀지 않은 곳에 댔다.

여자는 남자를 기다리면서 숄을 단정히 만지고 가방에서 손수건을 꺼내 소매에 집어넣었다.

레나테는 달걀을 손에 들고 어쩔 줄을 몰라 했다. 저 부부와 같이 가고 싶다고, 자기를 데려가 달라고, 착한 아이가 되겠다고, 할 수 있는 한 무슨 일이든 하겠다고, 귀찮게 하지 않을 거라고 말하고 싶었다. 그러나 그 여자는 다신 안 볼 것처럼 작별 인사를 하고 남자도 기분 좋은 눈빛으로 레나테에게 눈짓을 했다. 심지어 아이처럼 천진난만했다. '꼬마야, 잘 지내야 한다.' 그의 눈빛이 이런 말을 전했다. 레나테는 아직 아무런 말도 못 했는데 착한 두 사람은 바쁜 군중들 속으로 사라졌다.

소녀는 제단이 있는 벽 쪽으로 갔다. 더 이상 그 부부를 볼 수 없다고 확신이 들었을 때 아이는 탐욕스럽게 달걀을 까 먹고 빨간 껍질을 땅바닥에 버렸다.

벽을 따라 걷다가 성당 대문 근처에 섰다.

머리 위로 성당의 종소리가 웅웅거리고 새들이 솟아오른다.

성당 문이 열리면서 행진이 시작되었다.

레나테는 매혹된 눈으로 하얀 드레스를 입은 여자아이들과 높게 달린 덮개 아래에서 행진하는 신부들과 사복들이 나르고 있는 성모 마리아 제단과 찬송가를 부르는 여자들을 보았다.

정말 아름다운 풍경이다. 하지만 가까이 갈 수 없었다. 그새를 참지 못하고 달걀을 깨 먹은 것이 너무 부끄럽고 한스럽다.

레나테는 한기에 몸이 떨렸다. 햇살이 따뜻해서 겨울이 가둬 둔 봄이 밖으로 나온 것 같았는데도 추워서 떨었다. 소녀는 성당 벽을 따라 걸었다. 성당으로 향하는 모든 대문과 길에 앉아 구걸하는 걸인들을 보았다. 레나테는 머리가 어지러웠다. 커다란 바위에 앉아서 햇볕을 받아 제비들이 깃털을 정리하는 것을 지켜봤다. 피곤함이 머리를 무겁게 누른다. 세상은 연기 속에 파묻힌 듯하고 소녀는 잠에 빠지고 싶지 않았다. 자기를 태워다 준 사람들의 마차를 찾아 나섰지만 찾을 수가 없다. 여기저기 찾아보고 성당 주변도 한 바퀴 둘러봤지만 말이 묶여 있던 커다란 참피나무만 보였다. 주변에 말은 아주 많지만 레나테가 찾는 말은 없었다. 소녀는 조금 더 기다려 보지만 곧 모든 것이 명백해졌다. 찾을 수 없을 것이고 아무리 기다려도 그 착한 사람들은 오지 않을 것이고 같이 가도 되겠냐고 물을 기회도 없을 것이라고.

해는 산 뒤를 훌쩍 넘어갔다. 사람들은 삼삼오오 떼를 지어 성당 밖으로 우르르 나왔다. 햇볕에서 졸던 말들은 머리를 털며 콧바람 소리를 내며 여행을 떠날 준비를 했다. 남자들은 큰 소리로 말들을 부르고 기쁨, 빛나는 미소 그리고 아름다운 옷을 차려입은 마차가 하나둘씩 길을 떠났다. 그들을 다시 만날 수 있으리라는 레나테의 희망마저 같이 사라져 버렸다.

성당은 이제 텅 비어 간다. 걸인도 다른 사람들도 모두 갈 길을 가고 바람이 지푸라기를 날려 흩뿌렸다. 갈까마귀들이 말똥이 쌓인 곳에서 뭔가를 찾고 있다.

레나테는 혼자서 길을 걷고 있다, 슬프고 외롭다. 엉엉 울고 싶지만 땀만 쏟아져 흐른다.

소녀는 태양열로 달궈진 따뜻한 돌 위에 앉았다. 스카프를 벗는다, 바람이 소녀의 머리카락을 만진다. 옆으로 한 가족이 지나갔다. 모자를 쓰고 밝은색 셔츠를 입은 신사와 날씬하고 키가 큰 여자가 있다. 여자는 노랗고 물결 진 머리카락을 작은 인조 꽃잎이 달린 머리핀으로 장식했다. 저렇게 아름다운 여자는 본 적이 없다고 레나테는 생각했다.

그 여자는 작은 남자아이의 손을 잡고 있었다. 남자아이가 레나테를 가리키자 자기들끼리 뭔가 이야기를 하기 시작했다. 보아하니 다녀오라고 하는 것 같았다. 가족들을 실은 마차가 조금 앞으로 갔다가 서자 남자아이가 가까이 다가왔다. 손을 뻗어 레나테에게 부활절 달걀을 건넸다.

"자, 가져가. 이거 축성 받은 달걀이야."

소녀는 아이가 준 선물을 받았다. 그러자 아이는 부모님한테 폴짝폴짝 뛰어갔다.

레나테는 달걀을 손에 쥐고도 믿지 못했다. 참지 못하고 먹어 버린 십자가와 하얀 줄로 장식된 빨간 달걀과 똑같이 생겼다. 방금 먹은 달걀과 똑같은 달걀인 것인가. 소녀는 가슴이 북받쳐 가슴이 더 강하게 뛰었다. 그 사람들에게 뭐라 말을 해 주고 싶지만 이미 가 버리고 없다. 그저 햇살과 먼지와 새들만 있을 뿐이다.

레나테는 낯선 도시의 거리를 헤매고 있다. 어디로 가야 할지도 모른다. 집을 한 채 한 채 지날 때마다 즐겁게 조잘거리는 소리가 흘러나왔다. 사람들이 이 기적 같은 토요일을 즐기고 있는 것이다. 어찌 되었건 소녀가 헤아릴 수 없는 전쟁의 후유증이나 언제라도 다시 일어날 수 있는 침략 같은 이야기에는 신경을 쓰지 않고 있을 것이다. 태양은 점차 더 붉게 변했다. 저녁은 더 큰 걸음으로 성큼성큼 다가오고 있고 겨울처럼 날카로운 바람이 불었다.

레나테는 부서진 집을 한 채 발견했다. 지붕이 없다. 그곳에서 옷장 속 같은 깊은 구석에 자리를 잡고 몸을 웅크렸다.

밤이 내려앉아 어두워지자 추워진다.

거리 어딘가에서 개들이 울부짖는 소리와 비명 소리가 이어졌다. 소녀는 겁이 났다. 추위에 움츠린 소녀의 몸이 떨렸다. 그래도 밖에 나가 있지 않고 여기에라도 있는 것이 훨씬 낫다. 소녀는 조금이나마 따뜻해질 수 있을까 해서 달걀을 쥐고 가슴에 안았다. 배가 고프지만 붉은 달걀을 먹고 싶은 마음이 없다. 끝이 없는 밤이 되니 여러 기억이 쏟아져 나온다. 숲을 걷기도 하다가 로테 고모를 때리는 군인들이 보이기도 하다가 안타나스가 팔 하나로 장작을 패면 레나테가 통나무를 가져다 주던 모습도 떠올랐다.

이른 아침 폐허가 된 집에서 레나테가 나타났다. 이곳에서 밤을 보낸 것이다. 거리를 한번 둘러보지만 여전히 어디로 가야 할지 알 수 없다. 무거운 다리만큼이나 눈꺼풀도 몹시 무겁다. 그래도 잠에서 깨어난 도시를 따라 걸어갔다. 마침내 소녀의 몸이 데워지고 태양이 아름답게 비춘다. 하지만 레나테는 여전히 춥다. 머리가 어지럽고 얼굴에 땀이 솟았다.

갑자기 아주 아름다운 노래가 울려 퍼진다. 아직도 꿈에서 깨지 않은 것 같다. 누군가 사티의 '그노시엔느 5번'을 연주하고 있다. 하지만 엄마와는 달리 건반을 더 힘 있게 누른다. 레나테는 겁에 질려 음악이 흘러나오는 쪽으로 향했다.

음악이 더 커졌다.

마침내 음악이 들려오는 곳을 찾아냈다. 레나테는 텅 빈 거리의 살짝 무너진 벽에 서 있었다. 봄이 오고 햇볕이 나서 창문을 열어 둔 집이 보였다. 그 창문 뒤 빛이 드는 방에는 발레리나 같은 작은 꼬마 아이들이 춤을 추고 있었다. 레나테 눈에 피아노와 그 앞에 앉아 있는 몸집 좋은 여자가 보였고 머리에 띠를 두른 아름답고 키 큰 여자가 서 있었다.

레나테는 이 놀라운 풍경에서 눈을 뗄 수가 없었다.

춤은 끝났다. 여자아이들은 까르륵 웃으면서 자기들을 춤의 세계로 이끈 여인에게 뭐라 부탁했다. 그 여인은 아이들의 이야기를 듣더니 웃었다. 아마 부탁을 들어줄 모양이다. 발레리나들이 갑자기 색깔이 칠해진 달걀을 가지고 거리로 나왔다. 선생과 콧수염이 난 관현악장과 함께 부활절 달걀을 들고 걸어갔다.

여자아이들은 달걀을 굴리며 좋아라 하고 있다.

눈물이 고인다, 눈이 간지럽다, 뺨을 타고 눈물이 흘러내린다, 땀인지도 모르겠다. 으스스한 것이 등을 지나가며 몸이 떨렸다. 레나테는 한 발씩 힘겹게 내디뎠다. 알록달록하게 칠해진 달걀을 주머니에서 꺼냈다. 팔을 내밀어 천사처럼 고운 여자와 어린 발레리나 선생님에게 부활절 달걀을 주었다. 저 아주머니가 스타셰를 닮은 것 같기도 했다.

여자가 레나테를 보았다. 세상이 천천히 굴러가다가 거의 멈춰 버렸다. 받아들여질지 아닐지 알 수 없지만 그래도 뭔가 이야기를 해 봐야 한다. 레나테는 놀라울 정도로 아름다운 여인에게 빨간 달걀을 건넸다. 여인이 다가오더니 고개를 숙여 인사하고 웃으며 물었다.

"내 이름은 마리테예요."

여자는 소녀의 손에 들려 있는 축성 받은 달걀을 잡았다.

레나테는 깊고 검은 우물 속으로 빠지지만 아무런 두려움이 없다.

여자는 정신을 잃는 아이를 미처 붙잡지 못했고 아이는 먼지가 자욱한 거리로 넘어졌다.

어린 발레리나들이 주변으로 바짝 모여 섰다.

"죽었어요? 죽었어요?"

아이들은 놀라움을 감추지 못하고 말했다.

"아냐. 아직 살아 있어."

선생님이 말했다. 레나테를 안고 음악 소리가 들리는 집 안으로 들어갔다.

관현악장과 꼬마 발레리나들이 그 뒤를 따라 들어갔다.

이야기를 마치며

이 책 스스로가 나를 작가로 선택한 것 같다는 생각이 든다.

1996년경 영화감독이던 요나스 마르친케비츄스가 2차대전 이후 삶의 희망을 좇아 리투아니아로 탈출한 독일 아이들에 대한 다큐멘터리를 찍어 보자고 제안했다. 그때 처음으로 'Wolfskinder'라는 독일 단어를 들었다. '늑대의 아이들'. 독일에서도 그 아이들에 대해서 잘 알려지지 않았으니 당시에 나뿐만 아니라 많은 사람이 늑대의 아이들이 겪은 비참한 삶에 대해 모르는 것이 놀라운 일이 아니었다.

2009년 프랑크푸르트에서 젊은 독일인들을 만나게 되었다. 이런저런 이야기를 하다가 작품 이야기까지 나오게 되었다. 그 친구들에게 늑대의 아이들에 관한 책을 쓰고 있다고 하니, 그중 누군가가 "타잔에 관한 이야기인가요?" 하고 물었다. 배울 만큼 배운 사람들한테서 받은 이 질문은 이 잊힌 역사에 대해서 말하고 써야 한다는 생각을 더 강하게 했다.

그 뒤 요나스와 나의 구상은 아쉽게도 시들해졌고, 시간이 꽤 흘렀다.

그러던 어느 날 영화 제작자인 친구 롤란다스 스카이스기리스가 전쟁통에 구걸과 앵벌이를 하며 살기 위해 리투아니아에 왔던 늑대의 아이들에 대해 뭔가 아는 것이 있는지 물었다. 너무 놀랐다. 그가 알게 된 한 사업가의 어머니가 늑대의 아이로 자랐다며 그 이야기가 잊히지 않고 남기를 바란다며 영화로 만들기를 바란다는 것이다. 리차르다스는 어머니 레나테 마르케비츠-사비스키에네에 관한 이야기를 들려주었고 그 이야기가 이 책의 한 부분이 되었다.

시간이 조금 지나 우리가 늑대의 아이들에 대한 영화를 만든다고 발표가 나자 수많은 전화와 편지가 쏟아졌다. 그들은 한때 늑대의 아이들이었던 이웃과 친구에 대해서 이야기해 주었고 아니면 전쟁이 끝난 당시의 이야기를 여럿 들려주었다. 그때 한 여자를 만났다. 그녀의 이름은 리차드의 부인 이름과 글자 하나만 다를 뿐 아주 비슷했다. 그녀의 이름도 레나테였다. 레나테는 전쟁이 끝난 후 자기가 겪었던 일과 자기를 보듬어 주었던 사람들 이야기를 들려주었다. 그녀의 이야기를 통해 당시 상황을 정확히 알게 되었다. 무엇보다도 희망이 한 점도 없던 날의 공포와 날카로운 감정들을 생생하게 느낄 수 있었다. 그녀의 이야기를 들으며 나는 늑대의 아이들이 겪은 삶을 눈으로 귀로 생생하게 느낄 수 있었다. 그렇게 해서 이 책의 구상이 그려졌다.

이 책을 읽으면서 누구를 떠올리게 될까?

소나무 숲과 사람들 사이에서 길을 잃고 헤매던 어린 독일 아이 레나테? 혹은 리투아니아 아이 마리톄? 나는 잘 모르겠다.

두 번째 여인 레나테에게 다시 전화했을 때, 그녀는 더는 생각하기도 말하고 싶지도 않다며, “모든 것들은 이미 이전에 죽어 버렸다”는 말과 함께 전화를 끊었다.

내가 지금 말할 수 있는 것은 레나테는 리투아니아에 살고 있고 평생 아이들을 가르치다가 이제 은퇴했다는 것이다.

알비다스 슐레피카스

옮긴이의 말

동프로이센에 가 본 적이 있었다. 그곳은 지금 폴란드와 리투아니아 사이에 섬처럼 남아서 칼리닌그라드주(州)라는 러시아 땅이 되었다. 유럽 역사의 중심에 서서 광활한 영토로 뻗어 가던 과거의 모습은 사라지고, 현재와 과거가 꼬여 버린 이상한 세계에 들어온 느낌을 주었다.

칸트가 즐겨 산책했다던 당시의 유적은 쾨니히스베르크 대성당 하나밖에 남은 것이 없다. 성당 1층은 현재 러시아 정교회의 기도실이고 성당 내부는 쾨니히스베르크에서 태어나서 그 밖을 한 발짝도 나가지 않았다는 칸트의 기념박물관으로 쓰고 있었다. 혹시라도 몰래 사진을 찍을까 관람객을 험상궂게 쳐다보는 아주머니의 눈길을 뒤로한 채 밖으로 나오면 성당 직원이 입장권에 도장을 찍어 준다. 그 도장엔 'Ostpreußen', 다시 말해 독일어로 동프로이센이라는 단어가 적혀 있다.

이제 동프로이센은 지도에서 사라지고 허접한 입장권에 찍어 주는 도장 속 이름으로만 남아 있다. 동프로이센에 살았던 사람들의 이야기도, 기억도 모두 먼지처럼 바람에 날려 사라졌다. 그곳에서 살았던 독일인들은 죽거나 독일로 강제 이주당하거나 가까운 리투아니아로 떠나야 했다. 지금 이곳은 칼리닌그라드라는 이름의 러시아 땅이 되어 유럽연합 내에 덩그러니 주저앉아서 군사적 위협거리로 여겨질 뿐이다.

동프로이센에서 잊힌 것은 단지 건물만이 아니다. 세계 최초로 백린탄이 쓰였다는 제2차대전 괴니히스베르크 전투 중 많은 사람이 전쟁의 희생자가 되었고 그중에는 누구에게도 보호받지 못한 어린아이들도 있었다. 전쟁은 흔히 전장에 나가서 싸운 어른들만 중심에 놓고 이야기하지만 엄연히 전쟁으로 희생당한 아이들도 있을 것이고 총을 들고 싸우지는 않았지만 자신에게 주어진 운명과 치열한 싸움을 벌인 사람들도 있다.

이 소설에 나오는 이야기는 바로 전쟁의 또 다른 주인공들인 아이들에 관한 것이다. 모든 것이 멸망한 자리, 거기서 인간의 존엄과 삶의 가치는 뒤로한 채 늑대처럼 자연과 운명과 맹렬하게 싸워야만 했던 여린 생명이 주인공이다. 과연 그들은 어떻게 되었을까. 21세기를 맞은 지금, 그들은 어떻게 살고 있을까.

이 책의 원제는 '내 이름은 마리톄'이다. 독일 소녀 레나테가 생존을 위해 '마리톄'라는 리투아니아 이름으로 살아야 했던 가슴 아픈 이야기다. 살기 위해 뿔뿔이 흩어질 수밖에 없었던 가족의 이야기이고, 전쟁과 배고픔의 시대를 살아 내려는 수많은 마리톄들의 이야기다. 이 책은 암울하고 위태롭다. 소설을 꿰뚫는 겨울의 풍경처럼 주인공들은 눈 덮인 나뭇가지에서 언제라도 떨어질 듯 달려 있는 눈송이처럼 위태위태하게 살다가 어디로 가는지도 모르는 길을 떠나고 만다. 그들이 과연 다시 만나 기쁨의 포옹을 했는지 사람들은 모두 궁금해하지만 작가는 그에 대한 답을 주지 않는다. 어찌 보면 참으로 불친절한 사람이다.

시인이면서 소설가인 슐레피카스는 시와 같은 언어로 그 당시의 암울하고 불행한 시절을 그려 냈다. 한마디로 이 책은 전체가 시이자 소설이다. 그러므로 이 책을 읽을 때는 시를 읽듯이 단어와 표현 하나하나를 곱씹고 그 세계에 몰입하여야 한다. 전쟁의 비극과 인간의 과오와 역사의 잔혹함과 인권유린과 인류의 무관심을 다양한 시어를 통해서 표현한 것이다. 그러므로 책에 등장하는 마리테와 헤인츠와 알베르트와 오토는 독자 자신일 수도 있고 친구일 수도 있고 가족일 수도 있다.

이 책을 번역하는 내내 우크라이나 전쟁 초기 펭귄 인형 하나를 들고 울면서 국경을 넘던 아이가 생각났다. 누구의 탓이라고 말하는 것이 어떤 위로가 될까? 다만, 더 이상 아이들이 그런 고통을 겪게 해서는 안 된다.

서진석

옮긴이 ◦ 서진석

한국외국어대학교 폴란드어과를 졸업했다. 폴란드 바르샤바대학교에서 발트3국—리투아니아, 라트비아, 에스토니아 관련 발트어문학을 전공했다. 에스토니아 타르투대학교에서 박사 학위를 취득하였고 이후로 폴란드와 발트3국에 관한 다양한 저술 연구 활동을 하고 있다.
쓴 책으로는《바리와 호랑이 이야기》《발트3국》《유럽 속의 발트3국》《발트3국의 언어와 근대문학》《발트3국 여행 완벽 가이드북》이 있고, 옮긴 책으로는《말썽꾸러기 토츠와 그의 친구들》《뱀의 말을 할 수 있던 사나이》《지옥은 나를 원하지 않았다》들이 있다. 김영하 단편집을 비롯하여 한국 소설을 리투아니아어로 번역 출판하기도 했다.

늑대의 그림자 속에서

1판 1쇄 ◦ 2023년 11월 6일

글쓴이 ◦ 알비다스 슐레피카스
옮긴이 ◦ 서진석
펴낸이 ◦ 조재은
편집 ◦ 이혜숙
디자인 ◦ 서옥
관리 ◦ 조미래

펴낸곳 ◦ (주)양철북출판사
등록 ◦ 2001년 11월 21일
제25100-2002-380호
주소 ◦ 서울시 영등포구 양산로91
리드원센터 1303호
전화 ◦ 02-335-6407
팩스 ◦ 0505-335-6408
전자우편 ◦ tindrum@tindrum.co.kr

ISBN ◦ 978-89-6372-423-2 (03890) 값 ◦ 15,000원